LE TOUR DU MONDE
EN DEUX CENT QUARANTE JOURS

2e SÉRIE GRAND IN-8°.

Les Hindous ont le type européen, excepté la couleur (page 13).

LE TOUR DU MONDE

EN DEUX CENT QUARANTE JOURS

L'HINDOUSTAN

PAR

ERNEST MICHEL

Docteur en droit, chevalier de Saint-Sylvestre,
Membre des Sociétés de Géographie de Lyon et de Paris, etc.

TREIZE GRAVURES
d'après les dessins de M. de Boisroger

LIMOGES
EUGÈNE ARDANT ET Cie
ÉDITEURS.

PRÉFACE

Il n'y a pas bien longtemps, pour s'instruire, on faisait le tour de France; aujourd'hui, c'est le tour du monde qu'il faut faire pour être de son époque. Généralement, on s'imagine qu'un tel voyage demande un courage héroïque, beaucoup de temps et surtout beaucoup d'argent; c'est une erreur. Il fallait plus de fatigue, de temps et d'argent pour faire le tour de la France, il y a 50 ans, qu'il n'en faut aujourd'hui pour faire le tour du monde. Si nous allons vers l'Ouest, la traversée de l'Atlantique demande huit jours, celle du Continent américain sept, celle du Pacifique dix-huit; et du Japon à Marseille, on vient en 40 jours : donc en tout soixante-treize jours; moins de deux mois et demi pour franchir les vingt-cinq mille milles ou quarante-cinq mille kilomètres.

Les dangers de la mer ou des populations plus ou moins barbares ne sont pas redoutables; il meurt moins de voyageurs par les accidents de mer que par ceux des chemins de fer, et les populations ne sont dangereuses que pour les imprudents qui les maltraitent.

Quant à la santé, le voyage est un excellent moyen de la fortifier.

Les navires qui sillonnent les grands Océans sont des châteaux flottants; on y jouit de tout le confortable et de toutes les distractions : bals, concerts, jeux de société; l'ennui y est inconnu. Les wagons américains sont des salons qu'on transforme en chambres pour la nuit; et aux Indes, outre le panka ou éventail mécanique, la double toiture, les persiennes et les vitres de couleurs, les fenêtres sont encore garnies, l'été, de branches odoriférantes; au moyen d'un ressort ingénieux, le mouvement des roues fait tomber sur elles une légère pluie dont l'évaporation rafraîchit et embaume. Donc, pas trop de fatigue à craindre et confortable partout.

Certes, il y a des excursions pénibles dans les montagnes du Japon, dans certaines parties de l'Hymalaya et dans l'intérieur de la Chine, mais elles ne sont pas plus difficiles que celles que nous offrent nos Alpes et nos Pyrénées.

Le Français, en général, réduit encore le monde au bassin de la Méditerranée ou à l'ancien continent; il ignore les ressources inexploitées qui, sur les divers points du globe, peuvent donner l'aisance et la richesse à de nombreuses familles. Les enfants, de leur côté, savent que le père et la mère ne sont que des usufruitiers, et qu'ils peuvent compter sur leur part de bien. Lorsqu'ils commencent à raisonner, ils font leurs calculs : J'aurai tant de milliers de francs de mon père, tant d'autres milliers de ma mère; ce n'est pas assez : il me faut un emploi qui produise tant; et ils entrent dans une administration.

Puisse ce livre montrer la facilité et l'utilité des

voyages! S'ils sont faits dans un esprit sérieux, l'observation et la comparaison feront tomber les préjugés, Les hautes classes, chez nous, voient, dans le commerce et dans l'industrie, quelque chose d'inférieur, et presque de déshonorant. Lorsqu'elles ont des biens, elles se contentent de voir leurs fils, presque toujours privés de fortes études, gérer ces biens; plus tard, ceux-ci les feront gérer par des tiers et iront en dépenser les rentes à Paris, où ils feront naufrage.

Une grande partie de la bourgeoisie pousse ses enfants dans les carrières administratives, après les études qu'exige un baccalauréat. Après trois ans de stage, un jeune homme, à 23 ans, gagnera 100 à 150 francs par mois; il en gagnera le double à 40 ans. Esclave du travail, il le sera des opinions d'un maître qui change à tout instant; il devra briguer sans cesse la faveur de tel député ou de tel ministre, et tout cela pour avoir, à la fin de ses jours, une pension de retraite de deux à trois mille francs. Comment s'étonner alors qu'on ne trouve presque plus d'hommes de caractères? Si ce jeune homme, ou son père pour lui, avait connu le globe, il aurait fait comme les Anglais, comme les Allemands et les Hollandais, il aurait trouvé, dans l'industrie et dans le commerce, une occupation honorable qui lui eût donné, non l'aisance mais la richesse, non l'esclavage mais la liberté. Aux États-Unis, les emplois administratifs sont le lot des courtes intelligences qui n'ont su ou pu se créer une carrière indépendante.

Aussi, si de l'autre côté de l'Océan, on connaît d'autres plaies, on ignore celle du fonctionnarisme.

Il est temps pour nous de voir notre infériorité et d'y porter remède. Lorsqu'on parcourt la surface du globe et qu'on voit partout l'Anglais, l'Américain et l'Allemand prendre pied à notre exclusion; lorsqu'on voit que, même là où nous étions parvenus à nous établir, nous sommes tous les jours supplantés par nos rivaux, que même, dans plusieurs de nos colonies, les affaires et le commerce sont en d'autres mains que les nôtres; lorsqu'on voit ce que pensent de nous les autres peuples, le chauvinisme baisse pour faire place à de tristes réflexions; les illusions disparaissent et on s'applique à l'étude des causes qui ont produit notre infériorité pour les paralyser et les détruire; en un mot, on sonde nos plaies sociales pour les guérir.

Ce que j'écris n'est que l'ensemble des notes de voyage prises sur place, au jour le jour, et adressées à ma famille; si l'arrangement méthodique fait défaut, l'impression du moment y est tout entière, et fait mieux ressortir la vérité des choses.

Dans trois précédents volumes, les lecteurs ont pu faire, en ma compagnie, la traversée de l'Atlantique, parcourir le Canada et les Etats-Unis, me suivre de San-Francisco au Japon et en Chine, étudier ces curieux pays qui s'identifient si rapidement aux mœurs de la vieille Europe.

C'est maintenant à travers l'Hindoustan que nous allons nous engager, pour achever le tour du monde et retourner ensuite vers la France.

—

Les Hindous faisant leurs ablutions au bord du Gange.

HINDOUSTAN

CHAPITRE Ier

Calcutta. — La ville et ses monuments. — Mœurs et coutumes. — Castes et religions. — Missions et Œuvres.

Sur le steamer le Singapore,
4 janvier, 1882.

C'est le 12 *décembre,* vers deux heures du soir, que j'arrivais à Calcutta.

Aussitôt que le Pilote a fixé le navire à l'endroit désigné dans la rivière, et que la douane a passé la visite des bagages, je descends à terre et me dirige vers l'hôtel de Paris, tenu par un Français, ancien cuisinier du vice-roi ; puis, je parcours la ville et fais mes visites en commençant par la Poste et le Consulat.

La capitale de l'Inde, siège du vice-roi, est vaste et belle, avec un million d'habitants.

Dans le quartier européen, les rues sont larges et les maisons ont presque toutes un petit jardin ; dans la ville hindoue, les rues sont plus étroites et la population est très agglomérée ; souvent, à côté d'une belle maison en pierres, ou d'un beau monument servant d'école, on voit la hutte de boue ou de feuilles de cocotiers.

Dans la partie européenne, les jardins et les *squares* sont ornés d'un vert gazon et de plantes des tropiques.

On arrose les rues au moyen des coolies qui répandent avec la main l'eau d'une outre en cuir portée sur le dos.

Les monuments tels que le palais du vice-roi, la Cour de justice, les banques, le Musée sont superbes. Le palais des Postes est dominé par une coupole majestueuse.

Les *tramways* sont dans toutes les directions et servent surtout aux indigènes ; l'Européen préfère le *gkarry*, voiture à un ou deux chevaux, qu'il loue au prix de trois roupies par jour (1).

Le soleil est si brûlant, même en hiver, qu'on ne peut s'y exposer sans danger ; on voit aussi une

(1) La roupie, monnaie des Indes, a une valeur nominale de 2 fr. 50, mais elle varie selon le change ; en ce moment sa valeur réelle est de 2 fr. 10.

quantité de palanquins, portés sur les épaules de quatre coolies, deux à chaque bout d'une seule perche.

Ces palanquins consistent en une longue caisse noire, qu'on ouvre par un côté pour s'y allonger. Je les ai pris d'abord pour des cercueils.

Les Hindous ont le type parfaitement européen, excepté la couleur, qui va du brun au noir; ils sont le plus souvent nus, sauf un morceau d'étoffe enroulé à la ceinture; d'autres portent une longue robe blanche, légère et serrée au corps; la tête est entourée d'un turban dont la forme et la couleur varient selon les provinces.

Les femmes ont un petit corset, qui descend des épaules sous les seins et portent, comme les hommes, un morceau d'étoffe enroulé à la ceinture, plus une longue pièce d'étoffe qui passe en bandoulière sur la poitrine et dont une partie se replie sur la tête en guise de voile. Elles tirent toujours ce voile sur la figure, dès qu'elles aperçoivent un homme.

On les voit peu dans les rues, exceptè celles des castes inférieures, obligées de gagner leur vie; garçons et filles sont nus jusqu'à huit ou dix ans; on porte les bébés à califourchon sur la hanche gauche.

Dans les banques, dans les magasins, dans les administrations, la presque totalité des employés sont Hindous; le gouvernement anglais en fait même des magistrats, des militaires, des conseillers.

Au Musée, je trouve, comme en Europe, une riche collection d'animaux, de minéraux, d'objets d'art de l'Inde et de tous les pays. Je remarque deux morceaux d'or pur; l'un a été trouvé en 1858 à Ballarat (Australie), il pèse 2,166 onces, l'autre a été trouvé en 1871 à Berlin (Victoria Australie) et pèse 1,717 onces.

Le jardin zoologique possède surtout de beaux tigres. On l'illumine parfois le soir et on va assister au repas des fauves.

Le jardin botanique, à quelques mille de distance, est peut-être le plus beau du monde. On admire, à l'intérieur, un *bahnian* gigantesque, puis des allées de cocotiers et d'autres arbres en berceau d'une grande longueur et d'un effet merveilleux. Le directeur est si obligeant qu'il me promet une collection des principales graines.

Non loin du jardin botanique, je visite la *Sibpore government vork-shop*, école d'arts et métiers. Soixante-dix Eurasiens y reçoivent l'instruction qui les rend aptes à certains emplois de l'Etat.

On appelle Eurasiens les individus de sang mixte, Hindou et Européen. Leur situation est difficile; ils ne peuvent vivre de la vie mesquine de l'Hindou, et on fait des efforts pour les instruire et les amener aux emplois.

Non loin de là, j'ai demandé à visiter la *Sibpore Jute Mill,* Usine à filer et à tisser le *jute*.

Le directeur, avec une affabilité peu ordinaire, m'a conduit lui-même dans les salles où le *jute* passe d'abord sous des cylindres rayés, puis il est divisé, filé et tissé comme le coton à Manchester, à Lille et à Roubaix. La toile plus ou moins fine sert surtout à faire des sacs pour le riz, le sucre, le café, le blé, etc. On en fait quinze mille par jour, et on les exporte de tous côtés, surtout en Californie. Le prix d'un sac est d'une demi-roupie.

Cette manufacture emploie deux mille ouvriers ; ils sont payés une roupie et demie la semaine ; lorsqu'ils travaillent à forfait, ils peuvent gagner le double. Les femmes, les enfants gagnent un peu moins ; on donne à une femme une demi-roupie, soit 1 fr. 05, pour coudre cent sacs. Avec une si modique paye, l'ouvrier doit pourvoir à sa nourriture et à celle de sa famille : un peu de riz et quelques légumes deux fois par jour ; aussi, ils sont faibles et il faut deux Hindous pour fournir le travail d'un Européen.

Le riz coûte deux ou trois sous le kilogramme.

Le *jute* est une espèce de chanvre grossier qu'on cultive dans les plaines marécageuses situées entre la mer et l'Hymalaya. Le cultivateur le vend, selon la qualité, trois ou quatre roupies le *maud*, soit les quatre-vingts livres de seize onces, ou trente-cinq kilogrammes.

J'ai aussi voulu voir la scène hindoue.

Au théâtre royal, une troupe Parsie donnait une représentation, tirée d'un fait passé à Amber, près Jeypore.

La récitation et la mimique étaient bonnes, les costumes jolis, la mise en scène convenable; le surnaturel : — anges, esprits malfaisants, devins, — intervenait souvent ; le chant était monotone, ainsi que la musique ; dans la salle au deuxième rang, les Hindous occupaient toutes les places; au premier rang, moi, un Anglais, et quelques gros rats qui se promenaient en spectateurs.

Les Jésuites de Belgique ont, à Calcutta, de nombreuses écoles et le collège Saint-François Xavier, où le vice-roi préside ordinairement la distribution des prix.

Les *Christian brothers* irlandais sont chargés des écoles élémentaires et des orphelinats; les Sœurs de la Croix de Belgique et les Sœurs de Lorette irlandaises ont de nombreuses écoles : externats, internats, orphelinats sur divers points de la ville.

Le nombre des catholiques s'élève à douze mille, répartis en cinq paroisses.

Les Hindous sont divisés en castes nombreuses et en religions diverses contenues dans leurs livres sacrés.

Les principaux de ces livres sont : les *Védas*, qui comprennent les *brahamanas*, les *Upanishads*, les *Soutras*, les *Instituts de Manu*, et les *Jtihassas et Puranas*. Les Védas sont les plus anciens.

Il faut des années pour mettre un peu de lumière dans cette théologie confuse qui a été remaniée à travers les siècles; mais on peut, avec quelque attention, y découvrir les traces de la tradition primitive, qui s'accorde, sur tous les points du globe, avec la vérité.

Les castes principales sont au nombre de quatre : les *Brahman*, ou prêtres, les *Kshattriya* ou gens d'armes, les *Vaïsya* ou marchands, et les *Soudras* ou travailleurs.

Dans l'hymne de *Manu*, que les Hindous chantent tous les jours, voici comment est expliquée la création :

« Pour que le monde pût être peuplé, Lui, (Brahma) ou Dieu, fit sortir les Brahman, les Kshattrya, les Vaïsya et les Soudras de sa bouche, de ses bras, de ses jambes et de ses pieds. Ayant divisé son propre corps en deux parties, le Seigneur (Brahma) devint avec la moitié un homme, *Purusha*, et avec l'autre moitié une femme, et en elle il créa *Viras*. Apprends, ô homme très excellent deux fois né, que moi qui ai créé cet homme (*Purusha*), et cette femme (*Viras*), suis moi-même le créateur de tout ce monde ! »

A ces quatre castes principales sont venues s'en ajouter un grand nombre d'autres.

Même parmi les *Parias*, qu'on supposait sans caste, on trouve ceux dont l'occupation est d'enlever les ordures, la caste qui s'occupe de porter ou de toucher les cadavres des hommes ou des animaux, etc.

Les Brahmanes ont une vingtaine de castes diverses. Il y a souvent des castes selon les métiers, et toutes ont leurs règles dont la transgression est punie par l'exclusion des membres.

Quelquefois l'exclu peut racheter son péché par décision du Conseil avec une somme plus ou moins grande, selon sa fortune, et par de longues et nombreuses pénitences : comme d'aller se baigner dans le Gange à Bénarès ou autres lieux saints, ou d'aller voir une autre rivière dont la seule vue purifie les péchés.

Chaque caste tient pour chose impure de toucher ou de fréquenter des individus d'une autre caste, à plus forte raison de se lier à eux par le mariage.

Les Européens qui louent une maison, doivent bien veiller à ce que la partie réservée aux domestiques ait le nombre voulu de cellules nécessaires, car il ne pourra jamais faire rester un domestique d'une caste avec celui d'une caste différente.

Chaque caste ne peut manger que la nourriture préparée par un de ses membres. Le Brahmane va plus loin, et ne peut manger que la nourriture préparée par lui-même : si un Européen touche seulement à la nourriture d'un Hindou, elle devient impure et celui-ci la repoussera.

Il m'est arrivé souvent, au marché, de toucher aux légumes et autres objets que je ne connaissais pas; aussitôt l'Hindou arrêtait ma main, ou s'il n'arrivait pas à temps, il enlevait et jetait ce que j'avais touché.

L'Hindou ne demande pas l'aumône au chrétien; s'il est dans le besoin, il est secouru par sa caste. Les membres d'une caste supérieure peuvent recevoir des secours des membres d'une caste inférieure, mais ils ne sont jamais secourus par les membres d'une caste au-dessus de la leur.

Cet usage des castes est si enraciné dans la nation, que même les chrétiens hindous ont leurs castes et ils exigent dans les Eglises des places spéciales séparées par un petit mur.

Dans certaines villes du Sud, ils sont presque en

révolution, en ce moment, parce qu'on a voulu abattre quelques-uns de ces murs.

Il ne faut voir là, comme dans presque toutes les erreurs, que l'exagération d'une vérité; la hiérarchie se trouve partout dans la nature.

En religion, les Brahmistes ou Hindous sont les plus nombreux; leurs temples, de petite dimension, sont en général surmontés d'une ou de plusieurs coupoles ou clochetons richement sculptés. Parfois ils sont entourés de portiques ou galeries contenant chacun un autel; partout les trois statues en marbre ou en pierre de la Trinité hindoue. Les prêtres seuls peuvent pénétrer dans l'enceinte sacrée qui entoure l'autel.

Les Hindous célèbrent sept à huit fêtes par an : quelques-unes se prolongent trois ou quatre jours.

Lorsqu'ils vont dans leurs temples pour adorer, ils offrent du riz, du blé, du millet, etc., qu'ils déposent dans une caisse à compartiments divers; c'est leur tronc.

Comme en étudiant leur théologie on peut retrouver les traces de la trahison primitive, ainsi en interrogeant les individus, on peut facilement se convaincre qu'ils croient au vrai et unique Dieu créateur qu'ils appellent Brahma, et que les trente-trois millions d'autres Dieux qu'ils vénèrent ne sont que des personnages illustres, ou des esprits bienfaisants.

Les castes se reconnaissent à des signes divers et à des marques rouges, jaunes, bleues, rondes ou droites que les deux sexes portent sur le front et qu'ils renouvellent tous les matins au temple après la prière.

Après les Brahmistes viennent les Bouddhistes dont la religion, apportée d'Egypte, est passée ensuite en Chine et au Japon.

On trouve aussi d'autres sectes nombreuses et des tribus qui ont des usages fort curieux. Dans les montagnes des Nielgherries et à Jafna (Ceylan), on rencontre encore des tribus où la femme a la direction des affaires publiques et privées.

Après les Brahmistes et les Bouddhistes, la secte la plus nombreuse est celle des Musulmans; ils sont quarante millions répandus sur toute la surface des Indes.

Remuants et guerriers, ils se sont imposés par la conquête, et ont été cause de plusieurs modifications dans les usages du pays.

Ainsi la femme hindoue, qui jouissait d'une liberté relative et pouvait se promener en public, a été enfermée, au moins pour les classes élevées, après la conquête musulmane, à cause des insultes auxquelles elle était exposée de la p art des Mahométans.

Les Musulmans sont polygames, et la femme, chez eux, est plutôt une esclave qu'une compagne.

Chez les Hindous, la polygamie n'existe que dans la caste des Brahmes, et la femme est mieux traitée, les enfants plus soignés et surtout mieux aimés.

Les Musulmans ont construit partout de magnifiques mosquées et de superbes mausolées. Ils célèbrent une douzaine de fêtes par an.

J'ai assisté à Calcutta à leur *Mohohuram,* qui dura plusieurs jours.

Une longue procession parcourait la ville au son du fifre, du tambour et autres instruments. On traînait des tours illuminées, des chars de diverses formes et on balançait de grands éventails.

Une longue procession parcourait la ville (page 21)

Anciennement, des individus, payés pour cela, se battaient entr'eux durant la procession (on dit que cette fête a pour but de figurer la trahison de Judas); mais, depuis quelques années, ces batailles, souvent cruelles, sont défendues et empêchées par la police.

A Darjeeling, un soir d'éclipse de lune, j'ai vu les

Musulmans aller de porte en porte pour recevoir une aumône en nature que chacun donnait volontiers.

Les sectateurs du Coran, ici comme partout, son fanatiques et donnent parfois de l'embarras au gouvernement.

Ils vont à la Mecque en pèlerinage et en rapportent régulièrement le choléra.

Ils sont divisés en deux grandes sectes; les uns suivent Mahomet, les autres Ali, un de ses proches descendants, et ils ont une marque distinctive.

Après les Musulmans viennent les Juifs, qu'on retrouve dans toutes les parties du globe.

Il y a ici deux catégories de Juifs : ceux qui sont venus à l'époque de la transmigration de Babylone, et ils sont devenus noirs comme les Hindous; et ceux qui sont venus après la destruction de Jérusalem par Titus; ceux-ci sont simplement bruns.

Il est superflu d'entrer dans les détails en ce qui concerne les Juifs; ils sont partout cette belle race active et intelligente, spécialement vouée au commerce, mais trop souvent dégradée par l'avarice.

Les Parsis sont aussi une race fort singulière, dans l'Inde. Ils descendent de ces Perses qui, au VIIe siècle, époque de la conquête musulmane, préférèrent l'exil à l'apostasie.

Ils sont cent cinquante mille, dont cinquante mille à Bombay, leur quartier général. Ils suivent la religion réformée de Zoroastre, qui a vécu mille ans avant Jésus-Christ.

Ce philosophe éminent avait trouvé que la tradition

primitive allait en se corrompant et fit des efforts pour la rétablir, surtout en ce qui concerne la croyance en un Dieu unique et créateur, qu'il figure par le feu perpétuel.

On a cru, par là, que les Parsis adorent le feu, mais ils ripostent énergiquement qu'ils ne l'adorent pas plus que les Hébreux n'adorent le feu de leur temple et les chrétiens la lampe de leurs sanctuaires; et, qu'ils ne voient dans le feu que le symbole de la divinité, symbole que Dieu s'est donné lui-même, lorsqu'il a apparu à Moïse dans le buisson ardent, lorsqu'il conduisit son peuple par la colonne de feu, et qu'il confirma ses apôtres dans le Saint-Esprit par des langues de feu.

La Religion des Parsis est très curieuse à étudier dans leurs livres de *Zend-Avesta*. On peut y retrouver toute la tradition primitive sur laquelle s'accorde le genre humain; et monseigneur Maurin, évêque de Bombay, qui fait en ce moment ce travail, est très aimé et très estimé des Parsis instruits et intelligents, qui se voient tendre une main amie et secourable.

Le feu que les Parsis ont porté avec eux, de Perse, est encore soigneusement entretenu dans leur temple avec du bois parfumé de sandal.

Leur manière d'exposer les morts est au moins singulière; ils ne les ensevelissent pas, ils ne les brûlent pas; ils les déposent sur des tours qu'on appelle *tours du silence*.

Ces tours, à Bombay, sont au nombre de sept ou huit, dans un immense enclos orné d'arbres et de fleurs. Elles ont environ dix mètres de haut sur trente de diamètre; la partie supérieure est divisée en trois zones concentriques contenant chacune un certain nombre de petites cases.

La zone du bord est réservée aux hommes, celle du centre aux enfants, l'intermédiaire aux femmes; on y pénètre par un escalier extérieur qui, à quatre mètres du niveau du sol, donne accès à une petite porte basse.

Les prêtres seuls peuvent monter dans la tour et déposer les cadavres dans les cases indiquées.

De gros vautours et des corbeaux, toujours prêts, arrivent sur le corps, et en quelques instants les chairs ont disparu. Le sang et les humeurs s'écoulent par des rigoles dans un puits central, et le prêtre y jette tous les jours les ossements que les vautours n'ont pu dévorer; ces ossements se décomposent par l'action du soleil et de la pluie, et le surplus se déverse dans quatre autres puits creusés aux quatre points cardinaux et communiquant par des canaux au puits central.

Ainsi se vérifie aussi pour eux la sentence : *pulvis es et in pulverem reverteris.*

Mais la raison pour laquelle les Parsis préfèrent la transformation, à travers l'estomac des vautours, plutôt que la décomposition par les vers, n'est pas connue. Serait-ce parce qu'ils trouvent le volatile plus noble, ou l'opération plus expéditive?

En tous cas, ils sont fort doux envers les animaux; et, on peut voir partout les hôpitaux ou maisons de refuge construites pour les veaux, chevaux, ânes, chiens, chats, poules et autres bêtes multiples qui sont là soignées et nourries jusqu'à ce que mort naturelle s'ensuive.

La Société protectrice des animaux a donc des ancêtres.

Les Parsis ont un beau type juif; ils sont moins bruns que les Hindous, et leur sont supérieurs en intelligence et activité; ils occupent de hautes situations dans le commerce, dans la magistrature, et forment d'excellents employés.

Les Hindous, en général, croient à la métempsycose, ce qui n'est qu'une corruption de notre vérité sur le Purgatoire; pour ce motif, ils ne tuent pas les animaux et ne mangent pas leur chair.

On me dit pourtant que plusieurs Brahmines, pour concilier l'amour du repos et le respect des âmes qui vivent dans les insectes domestiques, payent chaque soir un *coolie* qui couche dans leur lit pendant un certain temps; tout ce petit monde soupe ainsi à ses dépens, et le Brahmine pourra ensuite reposer plus tranquille.

Naissance, mariage, mort.— Chez l'Hindou, le prêtre intervient à la naissance, au mariage, à la mort. Dans ces occasions, on invite les amis et on fait des dépenses ruineuses.

Le mariage a lieu, dès l'âge le plus tendre. Souvent une fille est mariée à trois ou quatre ans, et rejoindra son époux aussitôt que la nature lui permettra de devenir mère. Si l'époux meurt avant ce temps ou même après, la pauvre fille est condamnée au veuvage perpétuel.

Il est facile de comprendre qu'il y a, en cela, une source d'immoralité, mais on va plus loin; non seulement la veuve ne peut pas se remarier, mais, dépouillée de tous ses ornements, elle devient la servante des servantes et elle mangera la dernière, après avoir servi tout le monde.

Quelle est la raison pour laquelle on s'acharne ainsi contre la pauvre veuve? On ne pourrait le dire exactement; mais la probabilité est que la métempsycose en est encore la source. On croit que le malheur qui a frappé la veuve est une preuve de l'acharnement de la divinité contre elle, et que par conséquent elle ne peut renfermer qu'une âme coupable, ayant à escompter des fautes commises dans une existence antérieure, et on se met d'accord avec la divinité en l'accablant de maux.

Une réaction se fait en ce moment contre cet usage inique et absurde, et on espère que bientôt les veuves pourront se marier ou se remarier.

Déjà leur condition a été bien améliorée depuis l'arrivée des Européens et l'occupation des Anglais.

On voit encore partout les *burning ghauts*, ou places où le cadavre du mari défunt était brûlé avec sa ou ses veuves. Il n'y a pas cinquante ans que le fait se produisait encore.

Comme en Chine et au Japon, la couleur du deuil est le blanc; mais, pendant que les Musulmans et les Juifs ensevelissent leurs morts, que les Parsis les donnent en pâture aux vautours, l'Hindou les brûle ou les jette dans le Gange, ou dans quelqu'autre rivière sainte. L'usage de jeter ainsi les cadavres à la rivière était général; on croyait et on croit encore que de là le mort va droit au ciel.

On peut facilement s'imaginer les conséquences désastreuses, pour la santé publique, malgré les alligators et les crocodiles nombreux dans ces rivières.

Le gouvernement à défendu de jeter ainsi les corps et exige qu'ils soient auparavant brûlés; mais les pauvres gens ne peuvent payer le bois et souvent ne font qu'un commencement de crémation.

A Bénarès, j'ai vu ainsi jeter à l'eau les cadavres à demi rôtis, et les chiens les tirer de l'eau pour s'en repaître.

Bénarès est un lieu de pèlerinage; on y compte cinq mille temples et cinq cents mosquées. Les Hindous y viennent, de toutes les parties de l'Inde, s'y purifier, en se lavant, dans le fleuve sacré; les femmes s'y baignent comme les hommes, mais vêtues. On porte sur les bords une quantité de malades qui veulent mourir dans la rivière sainte. Souvent, la nuit, ils s'y font jeter pour y rendre le dernier soupir.

Il n'est pas rare de voir ces corps morts flotter çà et là, portant des corbeaux qui en font leur barque de circonstance.

On trouve chez tous les peuples la croyance à la purification par l'eau.

Dans les villes où il n'y a pas de rivière, on brûle

les morts dans la campagne et les animaux en dévorent les restes.

Avant de mettre le feu, le prêtre fait des prières, offre le riz au mort, et on lui met parfois des monnaies dans la main pour le grand voyage. Les pauvres gens viennent ensuite cribler les cendres pour y retrouver l'argent.

Au retour de la cérémonie, l'Hindou jette le riz ou le grain aux corbeaux, croyant venir en aide à l'âme du parent passée dans ces oiseaux.

Les animaux sont excessivement familiers dans l'Inde; et, je crois que si, dans les autres pays, ils fuient l'homme en le menaçant, cela tient à ce qu'ils se voient sans cesse attaqués par lui.

Ici le corbeau et le vautour sont chargés de la propreté, du nettoyage des villes et des villages; on les voit partout, et leur audace est telle qu'ils viennent voler la viande dans les cuisines et même les mets sur la table.

Les perroquets, les tourterelles, les *minars* se plaisent à faire entendre leurs cris aigus, leurs chants lugubres, ou leurs sifflements, à deux pas du voyageur.

Les moineaux viennent prendre les miettes, même sur la table, au réfectoire des pensionnats; et souvent, dans les Eglises, ils cherchent à rivaliser avec l'orgue.

Le pigeon est un animal sacré, on le voit partout; le singe, animal sacré aussi, se trouve en tout lieu; on le voit gambader dans les villes et grimper sur les arbres à la campagne. A Bénarès, il a pour lui un temple où il se multiplie à l'infini; par intervalles, on est obligé d'évacuer le trop plein dans la forêt.

La vache et le bœuf son sacrés; à Bénarès, un temple leur est consacré. J'y ai vu de nombreuses vaches et de jeunes bœufs qui auraient certainement préféré un peu de liberté à tant de vénération.

Le paon lui aussi est sacré, et on le voit partout se promenant dans les champs avec fierté.

Le crocodile lui-même est sacré, et soigneusement nourri en certains endroits. On le voit, le soir et le matin, sortir des rivières et se reposer sur le rivage, où on le prendrait pour une pièce de bois. Toutefois, de son côté, il n'a pas toujours le même respect pour l'homme et ne craint pas d'en surprendre et d'en croquer quelques-uns.

Les Hindous, qui connaissent ces animaux, lorsqu'ils sont poursuivis par eux, se sauvent en courant en zig-zag. Il faut un peu de temps à ce reptile pour quitter la ligne droite.

Les *Seers*, espèce d'Autruche, les pélicans et mille autres espèces d'oiseaux de toute grandeur et de toute couleur se laissent tellement approcher qu'on les dirait apprivoisés; les tigres eux-mêmes, les léopards, sont chers à l'homme des forêts, qui les nourrit et les appelle ses chiens.

Ces bêtes se multiplient à l'infini et deviennent gênantes pour l'homme.

A Amber, près Jeypore, dans un château du Maharaja, pour conserver les fruits de quelques grenadiers, on a dû les recouvrir de chiffons ou les enfermer dans un vase de terre, et un homme se tenait posté avec arc et flèches pour éloigner les perroquets et les tourterelles.

A Baroda, un ingénieur italien avait construit et planté pour le Gaekwar un superbe parc; messieurs les singes ne l'aimaient pas et arrachaient tous les jeunes plants; l'ingénieur ne trouva d'autre remède que de tirer sur les singes, et on dit à l'oreille du chef de police de ne pas donner cours aux dénonciations qu'on aurait portées, sur ce point, contre lui.

Dans les champs, on voit souvent des arbres sur lesquels on a formé une espèce de lit; un homme s'y tient en permanence, claquant du fouet pour éloigner les animaux et préserver la récolte.

Certes, cette attention envers les animaux est une bonne chose et rend les mœurs douces : celui qui traite bien les animaux, dit Salomon, montre qu'il a un cœur bien fait; mais là encore, l'Hindou exagère la vérité.

Les chrétiens. — Les Ministres anglais, américains, allemands, ont partout des missions protestantes avec écoles et orphelinats. Ils ont environ trois cents mille adhérents; mais l'Hindou comme le Chinois est plutôt ascétique et honore grandement les individus qui pratiquent le renoncement complet pour se dévouer au service du prochain et à la prière. Ils comprennent peu le ministère du clergyman, entouré de sa famille et du confortable le plus exquis.

Parmi les chrétiens, il faut mentionner une population d'environ cinq cent mille individus dans le

Malabar, descendants des chrétiens qui reçurent la foi par la prédication de l'apôtre saint Thomas; une moitié d'entre eux est encore dans l'hérésie des Jacobites.

Les catholiques. — Ils sont au nombre de 1 million 150 mille, répartis en 21 vicariats apostoliques avec 1,111 prêtres, 1,542 écoles fréquentées par 66 mille enfants. Il faut ajouter à ce chiffre environ un quart de million de chrétiens répandus dans l'Inde entière, mais surtout dans les possessions portugaises et qui sont sous la juridiction de l'archevêque de Goa.

Les premiers Portugais arrivés dans l'Inde, en s'y établissant, ont contracté des unions avec des femmes hindoues, d'où une race mixte appelée Eurasienne, qui s'habille à l'Européenne et tient de l'Hindou. Sur toute cette race, l'archevêque de Goa a juridiction; dans les divers diocèses, dépendent de lui les hommes de couleur qui portent le chapeau (l'Indien porte le turban).

On trouve aux Indes les Pères des Missions-Etrangères de Paris, les capucins italiens, les Jésuites belges, les Jésuites allemands et une grande variété d'ordres enseignants de religieuses venues de toutes les parties de l'Europe.

A Poonah, j'ai trouvé dans le même orphelinat des religieuses venues d'Irlande, d'Angleterre, de France et d'Espagne. La supérieure était Espagnole. Elles prouvaient ainsi que la religion catholique a le pouvoir d'effacer les différences de caractère et les préjugés de nationalité.

L'infanticide, si commun en Chine, est moins fréquent ici. Toutefois, il y a quelques années, il était encore pratiqué en grand dans certaines castes, dont les adhérentes, obligées de se marier dans la caste, tuaient les petites filles, crainte de ne pouvoir les marier un jour.

Des magistrats anglais intelligents ont réuni en congrès les hommes sérieux, leur ont persuadé de laisser faire les mariages en dehors de la caste, et ont ainsi coupé le mal à la racine.

A Bombay, j'ai vu un petit orphelinat avec une trentaine de bébés au sein des nourrices hindoues; c'est une espèce de tour qui empêche bien des infanticides.

J'ai trouvé à Calcutta un Cercle de jeunesse et à Bombay un *Family Trust bank*,

Les associés s'engagent :

1° A payer leurs dettes, et à réduire leurs dépenses le plus possible, jusqu'à l'extinction de ses dettes.

2° A mettre de côté une partie de leurs rentes pour les déposer à la Banque, caisse d'épargne, assurance sur la vie, ou institution semblable.

3° A employer un tant pour cent de leurs rentes en œuvres charitables.

4° A ne pas dépasser un tant pour cent de leurs rentes, en amusements, vêtements et confort superflus.

5° A ne pas aller au-delà du huitième de leurs rentes mensuelles à l'occasion du baptême, anniversaire de naissance et autres fêtes analogues de famille; à ne pas dépasser le quart de leurs rentes mensuelles aux funérailles, ni le montant des rentes de deux mois pour la célébration du mariage.

Ces deux derniers points indiquent qu'il y avait un remède à apporter de ce côté.

Il y a, en ce moment, un mouvement vers le christianisme, dans les hautes sphères des Hindous; il est graduel et marqué, et est probablement le résultat de l'éducation chrétienne donnée aux jeunes Hindous dans les écoles du gouvernement anglais et chez les missionnaires. Le succès de Keshub Chundersen est une preuve de ce mouvement.

Ce Brahmin a voyagé en Europe, séjourné en Angleterre et a connu la doctrine chrétienne qu'il prêche avec beaucoup d'éloquence. Il a fondé une secte nouvelle qu'il a appelée des Brahmos. Tous les ans, à l'anniversaire de sa fondation, il prononce à l'Hôtel-de-Ville de Calcutta un discours que toute la partie intelligente de la population européenne et hindoue va entendre.

Le dernier de ces discours roulait sur l'humilité; à l'issue, le P. Lafont, estimé par sa science et son amabilité, fut le trouver et lui dit : « Votre discours, je puis le redire demain à ma paroisse sans y changer une parole. Puis donc que vous êtes chrétien par la croyance, pourquoi ne pas l'avouer publiquement? »

La réponse fut que Keshub ne croit pas le christianisme fait pour la population Hindoue.

Quoi qu'il en soit, ce mouvement indique un pas de rapprochement, et nous savons que les œuvres de Dieu se font par gradation et non par sursaut. Les protestants se sont aussi réjouis de ce mouvement et ont cherché à le favoriser en faisant, à Keshub, des avances et des concessions.

Parmi ces protestants se distingue la Mission d'Oxford.

Ses adeptes revêtent l'habit du prêtre catholique, gardent le célibat et vivent en communauté comme des moines.

Mais je me suis égaré en considérations, que je ne voulais exposer qu'à la fin de mon voyage; il est temps de revenir à mon journal.

Le bahnian laisse pendre des racines qui forment de nouveaux troncs (page 38)

CHAPITRE II

Les chemins de fer. — Le paysage. — Excursion à Darjecling. — L'Hymalaya. — La culture du Thé. — Chandernagor. — Bénarès, la ville sainte.

Dimanche 4 décembre 1881.

J'ai passé trois jours à Calcutta.

Une des choses qui m'ont le plus frappé, c'est l'usage universel du *panka*.

On appelle *panka* une espèce de plate-bande, partie en bois, partie en carton, couverte d'étoffe pendante, de manière à faire éventail. Elle est suspendue au plafond et balancée au moyen d'une corde que tire un coolie blotti dans un coin. On la trouve dans les hôtels, dans les églises, dans les magasins, dans les bureaux, dans les bateaux à vapeur, jusque dans les wagons du chemin de fer; et la chaleur est telle, même en hiver, que ce ventilateur n'est en rien superflu.

Je tenais à me trouver à Calcutta, le 8 décembre. Je dus donc partir, le dimanche 4 décembre, pour une excursion à Darjeeling, où je me rendis en chemin de fer. C'est la première fois que je voyais son organisation dans les Indes; elle est fort pratique comme tout ce que font les Anglais.

Les gares, ordinairement grandes, belles et bien couvertes, sont entourées de jardins magnifiques où brillent les mille fleurs des pays chauds. Le *red leaved tree*, ou arbre à feuilles rouges, est particulièrement beau.

Les ponts, presque tous en fer et tubulaires, reposent sur des piliers ou des piquets de fer.

En divers endroits, les voitures et charrettes passent dans le tube et le chemin de fer au-dessus; quelques ponts dépassent en longueur deux kilomètres.

Les wagons ont une double toiture et des couvre-soleil qui descendent jusqu'à mi-hauteur des fenêtres; ajoutez à cela des jalousies ou persiennes, des vitres bleues et des *panka*, et vous verrez qu'on a tout fait pour atténuer l'ardeur du soleil.

En été, les fenêtres sont couvertes d'une herbe odoriférante sur laquelle tombe de l'eau en pluie; le soleil et l'air produisent ainsi une évaporation rafraîchissante.

Les voyageurs ne sont pas entassés ; dans un vaste compartiment, six places durant le jour et quatre seulement pendant la nuit.

Pour dormir, chaque voyageur a sa couchette comme dans les cabines des *steamers*, et chaque compartiment a son *water-closet* et cabinet de toilette avec savon, eau et miroir.

Les prix en première classe sont les mêmes qu'en Europe, mais les secondes payent la moitié des premières et les troisièmes la moitié des secondes; les quatrièmes payent ordinairement un *anna*, soit environ trois sous, d'une station à l'autre. Souvent les wagons de quatrième classe sont divisés en deux étages, dans lesquels les indigènes s'entassent accroupis sur leurs talons, mais ces wagons sont aussi protégés contre le soleil.

Il y a aujourd'hui dans les Indes plus de quinze mille kilomètres de chemin de fer en exploitation; quelques-uns, dans un but d'économie, ont été construits sur rails rapprochés de trois pieds au lieu de quatre.

Les uns rapportent plus de 5 0/0; d'autres à peine 1 1/2 0/0; ce sont ceux qui ont été faits dans un but stratégique et pour lesquels le gouvernement garantit l'intérêt.

En ce moment, on concède, à des Compagnies diverses, de nombreuses lignes, mais à leurs risques et périls.

En quittant Calcutta, on trouve une végétation entièrement tropicale : les cocotiers portent aux nues leurs plumets de diverses espèces; les bananiers laissent pendre leurs larges feuilles; les mangos, les acacias de toute espèce, les grenadiers et surtout les bahnians et les lianes qui courent d'un arbre à l'autre, font une jungle presque impénétrable dans laquelle les chacals, les sangliers et plus loin les léopards, les panthères, les tigres et les serpents trouvent leur refuge.

Le bahnian est un arbre bien adapté à ces climats. Il laisse pendre de ses grandes branches des racines qui viennent à terre et forment comme de nouveaux troncs, de sorte qu'un même arbre couvre souvent l'espace de quelques kilomètres carrés.

A Broach, un de ces arbres peut abriter sous son ombre une brigade de dix mille hommes.

A la jungle succède une campagne marécageuse; ici et là des flaques d'eau où les buffles aiment à se vautrer.

Je vois aussi de nombreux troupeaux de bœufs et de vaches; presque chaque vache a sur son dos un *paddy bird*, espèce de petit corbeau qui se tient là en vedette et, lorsque l'insecte, que le bœuf déplace en paissant, prend son vol, le coquin d'oiseau en fait sa bouchée.

Peu de moutons et d'ânes.

Les villages sont composés de pauvres huttes en feuilles de cocotiers ou en paille de riz; j'ai vu une de ces cabanes servir de bureau de poste. En Californie, j'avais vu, dans la forêt, la boîte postale attachée au tronc d'un grand arbre.

Dans les parties marécageuse, on voit le riz; et, sur les terrains plus secs le haricot, les pois chiches, la patate douce, l'indigo et diverses graines oléagineuses. On voit aussi des champs à perte de vue, où le jute a déjà été coupé.

Nous apercevons des plantations de ricin, de tabac, de choux et autres légumes, et de nombreux troupeaux de cochons, ainsi que des poules de diverses grosseurs.

Mais, pendant que je cherche à me rendre compte de ce paysage si nouveau pour moi, la nuit arrive au moment où nous atteignons les rives du Gange. On traverse le fleuve sur un steamer où nous trouvons un bon souper.

Durant la nuit, sur l'autre rive, pendant que la locomotive dévore l'espace, nous apercevons à la clarté de la lune de nombreux chacals qui se promènent dans les champs. Puis je prends mon repos.

A mon réveil, quand le soleil paraît à l'horizon, il éclaire une des scènes les plus imposantes que j'aie jamais vues au monde : La chaîne de l'Himalaya avec ses pics neigeux est devant nous.

Lundi 5 *décembre.* Ici nous quittons les grands wagons pour entrer dans de tout petits chars traînés sur des rails rapprochés de cinquante à soixante centimètres : c'est un tramway à vapeur. Il grimpe le long de la montagne et pénètre dans la forêt.

Cette forêt est ce que j'ai vu de plus touffu, de plus

riche en fait de végétation ; les teaks, les cocotiers, les bahnians sont les géants ; au second rang viennent le bambou, l'arbre de Judée, puis le datura, le lanthana, les bananiers sauvages, les salvias, et les lianes qui courent partout et forment un filet inextricable. A terre, les mousses dans leurs infinies variétés ; les lichens, les parasites de toute nature. Mais le roi de cette forêt, pour sa beauté, est l'arbre fougère, qu'on voit en quantité, et qui atteint sept à huit mètres de hauteur.

A mesure que le train s'élève, la vue plonge dans la plaine, où les rivières serpentent en tout sens.

En tournant le regard vers la montagne, les vallons, les précipices, à chaque détour du chemin, vous tiennent dans une constante admiration.

La machine fait des efforts de géant pour tirer trois ou quatre wagons, sur une pente qui varie de 3 à 7 0/0, et qui tourne dans des zigzags qui me rappellent ceux du col de Tende dans nos Alpes.

Aussi bientôt la chaudière se vide, et à chaque source elle s'arrête pour se remplir. On dirait un voyageur, qui fatigué par les difficultés de la route, fait halte pour boire et reprendre courage.

Nous commençons à voir, par-ci par-là, des plantations de thé. On les connaît aux blanches maisons semées sur les flancs des montagnes.

Là, dans la solitude, une famille écossaise, dure à la fatigue et persévérante au travail, a semé la graine du thé d'Assan et voit grandir les buissons qui feront sa fortune. On ne trouve point là d'Irlandais. Celui-ci, d'un caractère gai et sociable, ne saurait endurer la solitude.

Mais le train marche, et nous apercevons quelques villages suspendus aux flancs de la montagne, ou cachés dans le fourré du bois.

Nous voici à Siligori où les plantations abondent; puis, nous apercevons les blanches maisons de Darjeeling, semées au milieu de la forêt.

A quatre heures, nous atteignons cette importante station située 7, 200 pieds au-dessus du niveau de la mer. La population de Darjeeling n'est plus hindoue, mais mongole : ce sont les gens du Boutain et du Napal près le Thibet.

Les hommes sont couverts de peaux de mouton et portent la longue queue chinoise. Les femmes, avec de longues soutanes marron, comme nos capucins, portent leur bébé sur le dos.

Elles ont pris, des Hindous, l'habitude d'orner leurs bras et leurs jambes de bracelets, de passer aux doigts des pieds et des mains des bagues nombreuses, un grand anneau au nez et des perles sur tout le cartillage des oreilles.

Pour les fardeaux, elles se servent d'un panier conique, comme la *cabasse* du portefaix piémontais; mais ici, outre les courroies passées aux épaules, on emploie une autre courroie qui passe sur le front, en sorte que le fardeau porté sur le dos est soutenu par les épaules et par la poussée de la tête. Le lait et l'eau sont portés dans de gros tubes de bambous.

Les plantations de thé abondent à Darjeeling; elles

couvrent plus de treize mille acres ou arpents, et donnent environ trois millions de livres de thé par an; c'est le meilleur thé connu jusqu'à présent; on cultive aussi l'écorce du quinquina et l'ipécacuana.

Je n'ai que le temps de chercher une place à l'hôtel, de parcourir les principales promenades, et le soleil se couche à l'horizon, laissant voir dans le lointain les pics neigeux comme une apparition.

J'employai la soirée à chercher les missionnaires; on me donne un guide qui ne parle que l'hindoustani; je fus donc renvoyé à plusieurs reprises, de Pilate à Hérode, avant de trouver le Père Louis, capucin talien, chargé de la station. Les Pères dirigent à Darjeeling un séminaire qui compte trente-cinq élèves, et les Sœurs de Lorette irlandaises ont un pensionnat avec cent élèves.

Il n'y a que six mille âmes, dans cette ville, et six cent soldats, mais les parents aiment à envoyer là leurs enfants, pour les éloigner de la plaine. En formant leur intelligence, ils fortifient leur corps à l'air vivifiant des montagnes.

J'espérais trouver à Darjeeling le Père Desgodin, qui se proposait de passer de cette station dans le Thibet. Il avait dû y renoncer et était parti pour Assan depuis un mois.

Ce Père connaissait le Thibet; il y déplorait la toute puissance des Lamas, qui règnent en maître dans leurs riches couvents et tiennent la population dans une grande ignorance, pour qu'elle puisse supporter en paix l'espèce d'esclavage qu'ils font peser sur elle.

Les mandarins chinois se contentent de prendre le plus d'argent possible et ne s'inquiètent pas des Lamas et du peuple.

L'animosité contre les étrangers est maintenue vivace, et le voyageur téméraire est presque sûr d'être assassiné.

Le soir, je trouvais à table d'hôte un jeune Français, M. Hunebelle, secrétaire du gouverneur de Saïgon.

Le clair de lune était beau, malgré une éclipse, et nous passâmes de longues heures à nous promener, nous entretenant des moyens de relever l'influence de la France à l'étranger.

Mardi 6 décembre. Le matin, à cinq heures, la trompette du soldat me réveille, et bientôt après je grimpe le pic derrière l'hôtel.

A six heures, le soleil se lève et éclaire une des scènes les plus majestueuses qu'on puisse concevoir. A quarante milles, à vol d'oiseau, on a devant soi la longue ligne des pics de l'Himalaya; celui de Kinchin-Junga domine les autres et s'élève à 28,176 pieds au-dessus du niveau de la mer; il n'est lui-même dominé que par le pic Evarest qui, non loin de là, atteint quelques centaines de pieds de plus, 29,000. La limite des neiges est à plus de cinq mille mètres. On croirait voir de loin le Mont-Blanc sur une base de verdure haute de cinq kilomètres.

Les alpinistes, répandus dans toute l'Europe, qui ont déjà escaladé les pics des Alpes et des Pyrénées, auraient ici un plus vaste champ à leurs explorations, et maintenant, avec les bateaux à vapeur et les chemins de fer, ils peuvent arriver de Paris et de Londres, aux pieds de l'Himalaya, dans trois semaines; autant qu'il en fallait, il y a trente ans, pour aller de Rome à Paris.

Quelques Anglais ont déjà fait des ascensions qui ont dépassé vingt mille pieds.

Après avoir admiré le magnifique panorama qui s'étendait au loin, je tourne les yeux autour de moi.

Dans la vallée, un nuage, à terre, faisait croire à un lac; plus près, sur les pics, sur les flancs des montagnes, dans les vallons, les maisons sont parsemées au milieu des arbres touffus et des buissons de thé; on dirait une ville dans une forêt.

On construit en ce moment, sur un mamelon, un hôpital où pourront trouver place les riches et les pauvres.

Je visite quelques villas; elles sont nombreuses et simples, quelques-unes assez coquettes. Leur prix de location varie de mille à deux cents roupies, pour la saison qui est de neuf mois.

Tous les ans, on voit augmenter le nombre des planteurs de thé et des familles qui viennent ici pour fuir les chaleurs.

Le thé donne en ce moment de beaux bénéfices. Un touriste anglais, qui a voulu faire l'essai d'une plantation, a dépensé soixante mille roupies dans quatre ans; et maintenant, les buissons étant en plein rapport, il en retire trois mille roupies par mois.

J'ai voulu visiter une de ces plantations, en compagnie d'un Père irlandais. Le propriétaire, fort aimable, m'explique tous les détails de la préparation.

Elle n'est plus la même qu'en Chine et au Japon. Ici, il suffit de quelques heures pour préparer le thé.

Le buisson commence à produire après trois ans et dure indéfiniment.

On leur donne, pour la cueillette, le prix d'un *anna* par jour (page 46)

On le coupe tous les ans, comme le buis des jardins; durant deux mois, on ramasse les jeunes pousses qu'on pose pour un temps sur un plancher; aussitôt qu'elles sont devenues souples comme le velours, on les passe à une machine qui les presse et les plie, en tournant deux disques ou deux cylindres.

La feuille ainsi humectée dans son jus fermente après quelques instants ; on s'en aperçoit à la couleur qu'elle prend ; alors on la met sur des toiles métalliques pour la sécher au feu, et le thé est prêt.

On sépare les feuilles les plus fines : c'est la première qualité, qui vaut trois roupies la livre ; les moyennes forment la deuxième qualité, à deux roupies la livre, et les tiges la troisième qualité, à une roupie la livre.

Les ouvriers sont fort nombreux ; pour la cueillette on leur donne un prix fixe d'un *anna* (3 sous) par jour et un tant par chaque livre de thé cueillie. Les femmes gagnent de un à deux *annas* par jour (de 3 à 6 sous).

Vers onze heures, je quittais Darjeeling, refaisant en sens inverse la route admirable que j'avais parcourue la veille.

A la nuit, nous étions dans la plaine. Des milliers de lucioles remplissaient l'air de leur intermittente lumière. Un Anglais qui n'avait jamais vu ce phénomène me demanda qu'elle était cette illumination.

Nous avions fait bonne route ensemble ; en nous quittant il m'a dit : au revoir ; un peu étonné, je demande où et comment ? et il réplique :

— Oh ! le Globe et si petit !

Mercredi 7 décembre. Après avoir passé la nuit en chemin de fer, en approchant de Calcutta, je revois les nombreuses briquetteries qui approvisionnent la capitale.

Les cocotiers et les palmiers sont visités par les campagnards qui grimpent au bout pour retirer le pot plein de la liqueur sortie de l'entaille faite la veille. Ce suc, fort rafraîchissant, est employé pour boisson ou pour en extraire du sucre.

Vers le milieu du jour, j'arrive à Calcutta. Là, après quelques visites, j'assiste, la soir, à une réunion d'amis que je suis heureux de retrouver. Deux d'entre eux sont les frères Roustan, qui ont leur père à Nice.

Jeudi 8 *décembre*. Le lendemain je me rends à la grand'messe; des voix d'hommes et de femmes accompagnées de l'orgue exécutent une bonne musique à laquelle se joint le chant des moineaux et des hirondelles, qui se promènent à la voûte et sur les corniches de l'église; puis, après le déjeuner, je prends la route de Chandernagor.

Cette ancienne ville française est maintenant un petit Monaco.

Notre territoire, sur les rives de l'Hoogly, a trois milles de long et 1 mille de large. Nous y avons une armée composée de trois soldats et d'un caporal.

La ville est un ensemble de charmantes villas; les quais sont ravissants.

Le P. Samp qui tient la mission, me fait visiter la nouvelle église en construction, les écoles, l'orphelinat, puis me conduit chez les Sœurs de Saint-Joseph de Cluny, qui ont un pensionnat européen et un orphelinat pour les Indiennes. Dans leur chapelle, on chante, on donne le Salut, et on finit par une procession à Notre-Dame de Lourdes, qui orne le jardin. La vue de tout ce monde en prière, devant cette grotte illuminée, me rappelle la Roche de Massabielle, devant laquelle le voyageur de la ligne de Tarbes voit sans cesse cierges allumés et foules prosternées.

Un Français, M. Guillon, que j'avais rencontré à Calcutta, m'invite à dîner. Je retrouve là M. Hunebelle et quelques autres Français; on parle de la France.

A dix heures, je reviens chez le Père Samp qui aimerait qu'on lui adressât de France un jeune médecin catholique; il lui offre cinq cents francs par mois, et la perspective de mille à deux mille roupies, également par mois, dans la suite. Les riches Hindous payent bien leur médecin. Ils donnent souvent cinq cents roupies pour une visite; les Européens la payent de dix à vingt roupies. A onze heures et demie, j'étais de retour à la gare, en route pour Bénarès.

Vendredi 9 *décembre*. Je passai, en chemin de fer, la nuit et la journée du lendemain. La route traverse l'immense plaine de l'Hindoustan et seulement à Nevadi on aperçoit quelques collines.

On voit toujours le riz, les pois chiches, les plantes à graine oléagineuse; mais à Patna, le terrain est en grande parti cultivé en opium.

Le gouvernement donne au paysan la graine qu'il doit semer; lorsque la plante est arrivée à un certain point de maturité, le cultivateur fait tous les soirs une incision et recueille le matin le suc qui en est sorti. Le gouvernement lui paye ce suc quatre roupies le *secr* (environ 1 kilogramme). Par l'ébullition, il le purifie, le réduit en boules recouvertes de feuilles de pavot, le revend à Calcutta à vingt roupies le *seer*.

Les agents du gouvernement sont parfois obligés de fouetter le paysan pour le forcer à cultiver l'opium et à recevoir les quatre roupies d'avance.

Quant au prix du terrain, la première qualité vaut environ quinze roupies l'arpent aux abords des villages, et six roupies plus loin. La qualité inférieure se paye trois roupies l'arpent. C'est toujours plus qu'aux Etats-Unis, où l'Etat le donne pour rien, et les Compagnies le vendent un dollar l'arpent.

Mais il y a encore cette différence, qu'en Amérique on est à peu près sûr des récoltes, pendant qu'ici le soleil, lorsque l'eau manque, brûle toute végétation.

Aux bords des rivières, on arrose en déviant un filet d'eau; mais, aux bords des canaux, l'Hindou n'a pas toujours l'argent pour payer l'abonnement.

En général, il fait des puits d'où il tire l'eau au moyen de mille sortes de trébuchets, depuis le plus primitif,—consistant en un levier qui porte le seau d'un côté et une pierre de l'autre, — jusqu'au noria à seaux de cuir ou de terre cuite.

Le plus souvent, il emploie le bœuf pour l'irrigation.

Une grande poche de cuir pouvant contenir une centaine de litres est descendue dans le puits au moyen d'une corde qui glisse sur une poulie, et remontée par une paire de bœufs qui, attelés au bout de la corde, descend un plan incliné, creusé quelquefois dans la terre; et un homme vide la poche de cuir dans un creux d'où elle passe par des rigoles dans le blé ou autres récoltes à arroser.

Monnaie. — J'oubliais de dire un mot de la monnaie indienne. L'Angleterre n'a pas imposé sa livre sterling; elle a conservé la monnaie du pays, la Roupie. Cette monnaie d'argent, de la grosseur d'un Florin d'Autriche, frappée à Calcutta par le gouvernement des Indes, vaut deux schellings, ou 2 fr. 50; mais en ce moment, le taux est bas : on l'obtient à 2 fr. 10. Elle est divisée en seize *annas :* l'*anna* en quatre *pice* ou petits sous en cuivre, et ceux-ci en une autre monnaie de cuivre de la grosseur des centimes.

Plusieurs Etats tributaires ont obtenu de frapper leur monnaie, qui est du même modèle que la monnaie du gouvernement anglais, mais avec des empreintes hindoues.

Le peuple emploie aussi de petits cubes de cuivre et des coquilles d'une espèce particulière. Cette coquille lui sert aussi de dés dans certains jeux, attendu qu'en la laissant tomber, elle peut rester de plat ou sur le dos. Un *pice* (le 1/4 d'un anna) vaut quarante de ces coquillages.

Je n'ai pas vu de monnaie d'or, mais le gouvernement à Calcutta, Bombay, Madras, émet des billets de banque de 5, 10, 20, 50, 100 roupies.

Poids. — Pour les poids, on a le *Maud* qui vaut quatre-vingt-deux livres de seize onces; le *seer* qui vaut deux livres six onces, et le *Chittack* qui vaut une livre dix onces.

Les objets qui viennent d'Europe sont assez chers

si on les achète chez les marchands européens, moins chers chez les Hindous; mais en général, ils coûtent beaucoup plus qu'en Europe.

Les choses du pays sont fort bon marché; ainsi la viande de bœuf ne coûte que six à huit sous la livre, et celle de mouton un peu plus; le riz vaut deux à trois sous le kilogramme et la farine un peu moins; les légumes et les fruits ne sont pas chers.

Mais revenons à notre route.

C'est le *vendredi*, 6 *décembre*, que j'arrivais à Bénarès au *Clark's hôtel*. Après le bain et le dîner, je me fis conduire à la Mission catholique. J'y trouvais un bon vieillard, le Père Acurzio qui avait habité vingt ans Darjeeling et était présent à Cawnpore et à Bénarès en 1857, époque de la grande révolte ou ***Mutiny***. Ce n'est pas sans peine qu'il échappa au massacre. J'ai trouvé, dans les appartements du Père, une quantité de soldats irlandais qui ont là un petit Cercle et une bibliothèque. Le nombre des catholiques de Bénarès, y compris les soldats, ne s'élève qu'à trois cents.

Samedi 10 *décembre*. De grand matin, je pars avec un jeune officier irlandais, et nous allons d'abord à quelques milles de distance, au temple des singes.

Tout est saint à Bénarès. C'est la Rome ou plutôt la Jérusalem des Hindous. Ils y viennent en pèlerinage des points les plus reculés pour se laver dans les eaux du Gange, rivière sainte.

Nous trouvons donc, dans le temple, des centaines de singes qui accourent au son d'un disque que bat le gardien. Ce disque de métal remplace ici le *tamtam* de Chine et la cloche d'Europe.

Dans les gares, on a même pour toute cloche un morceau de rail suspendu, sur lequel on frappe avec un marteau.

On nous vend pour quelques sous des corbeilles de maïs et autres graines que les singes viennent prendre dans nos mains; quelques-uns sont méchants et mordent ou poursuivent les autres; alors les bébés singes sautent sur le dos ou s'accrochent sous le ventre de la maman qui se sauve avec eux.

La multiplication de ces animaux est telle que les habitants de Bénarès en sentent le danger; mais comme ils n'osent les tuer, ils en exportent de temps en temps une partie dans la forêt.

Le temple des singes est d'une assez belle architecture.

A côté se trouve l'Etang sacré, vaste piscine qui, selon la croyance des Hindous, doit laver tous les péchés.

Au retour, on nous fit visiter le palais d'un riche Rajah : beau salon, tapis de Perse, fauteuils de Londres. Mais le Rajah préfère s'asseoir par terre.

Comme toujours, la maison des femmes est à part et des tentes sont dressées dans la cour pour les domestiques.

Nous arrivons à l'Observatoire, large tour qui domine le Gange. Sur la plate-forme, nous voyons un plan incliné qui regarde l'étoile polaire, diverses circonférences et arcs de cercle pour trouver le méridien, le solstice, l'équinoxe. C'est l'astronomie élémentaire; mais il est beau pour les Hindous de l'avoir trouvée depuis des siècles.

Nous montons sur une barque à quatre rameurs et nous installons sur la terrasse qui surmonte le bateau.

En remontant la rivière, nous admirons, sur les bords, les magnifiques palais construits par les diverses provinces pour leurs pèlerins. On y voit des temples, des portiques, des balcons.

On descend à la rivière par de nombreuses marches : Les femmes y viennent chercher l'eau dans des amphores de cuivre ou de terre semblables à celle de Rebecca.

De longues jetées de bois s'avancent dans l'eau. On y lave, on y prie; les uns se tiennent agenouillés, les yeux levés au ciel; d'autres jettent à l'eau, en priant, les nombreux pétales des fleurs qu'ils tiennent dans une corbeille.

Tous se baignent et se lavent; les femmes gardent dans l'eau les deux bandes d'étoffe qui leur couvrent les reins et la poitrine; et, en sortant, les remplacent habilement et décemment par des bandes sèches. Plus loin nous voyons des malades étendus; ici des femmes frottent d'huile le ventre de quelques-uns; là, d'autres attendent le dernier soupir pour être jetés à l'eau. Durant la nuit, quelques-uns se font même jeter avant leur dernière heure, persuadés que du Gange ils passent droit au ciel.

Par-ci par-là, des cadavres noirs flottent et servent de barque aux canards et aux vautours.

Nous arrivons au ***Buning Ghaut***, ou lieu de la crémation. Deux feux sont allumés, et consument deux cadavres.

Deux autres cadavres sont portés sur des brancards de bambou, accompagnés du prêtre et des parents. On leur met du riz dans la bouche, de la monnaie dans les mains, et on les couvre de bois qu'on allume; mais il faudrait renouveler ce bois ou en mettre en abondance et le pauvre n'a pas d'argent. On jette donc à l'eau, non des cendres, mais des carcasses qui serviront à nourrir les alligators. J'ai vu un chien en tirer une de l'eau et l'attaquer à belles dents.

Les pauvres prennent la boue du rivage et la passent au crible pour retrouver les monnaies.

Nous quittons ce lieu de tristesse pour monter à la mosquée de ***Musjeed d'Aurungzebè*** au ***Madhoray Ghaut***.

Nous passons à côté de divers tombeaux bien sculptés.

Dans une espèce de chambre fermée par une grille, nous voyons trois femmes qui tournent autour d'une colonne en récitant un chapelet; puis, nous grimpons sur un des douze minarets de la Mosquée. Il a cent quarante-sept pieds de haut et seulement douze de large à la base : on dirait une cheminée de manufacture.

De ce point élevé nous dominons la ville et la campagne.

Il est difficile de voir quelque chose de plus pittoresque que la ville de Bénarès avec ses cinq mille temples et ses cinq cents Mosquées.

Elle occupe l'emplacement de l'ancienne *Devasdasa* ou cité de *Kasi*, fondée 1600 ans avant le Christ.

Les rues sont étroites, mais propres et bien pavées; les maisons sont en pierres ou en briques et quelques-unes fort belles ont deux ou trois étages.

On voit au loin le *cantonment* ou camp avec ses *bungalows* et de nombreux établissements protestants.

Il y a le *Ward's Institute*, espèce de collège destiné aux princes hindous.

La population, qui est ordinairement de cent soixante-dix mille âmes, atteint souvent le chiffre de trois cents mille par les pèlerinages; le dixième de la population se compose de Brahmins ou de personnages de la plus haute caste.

A Bénarès, on fait beaucoup d'objets en cuivre battu au marteau et ciselé. On tisse la soie mélangée à des fils d'or et d'argent. On file le coton, on prépare l'opium, on borde des châles et on travaille le diamant.

Je parcours les diverses boutiques et achète quelques objets parmi lesquels les modèles des divers bijoux des femmes indiennes.

Lors de l'insurrection de 1857, la ville fut sauvée par l'habileté et l'énergie de deux bourgeois anglais qui, aidés du colonel Neill, se retirèrent avec les Européens au fort de *Ray Ghaut* où ils purent attendre l'arrivée de lord Clyde.

Continuant notre route à travers les bazars, nous arrivons au puits du destin :

Sous une belle galerie, des hommes et des femmes accroupis en grand nombre font la prière à haute voix; le puits envoie une odeur fétide à cause des fleurs jaunes, rouges, blanches, qu'on y jette sans cesse; il est recouvert d'un grillage en fer; nous voyons puiser l'eau et arroser la tête de nombreuses idoles.

A côté du puits est le *Golden Temple,* — temple d'or, — ainsi appelé parce qu'il a deux coupoles couvertes en lames de bronze doré d'un très bel effet.

Nous passons de là au temple des vaches; elles y sont en grand nombre et ne répandent pas une odeur de sainteté. Ces pauvres bêtes aimeraient mieux aller brouter l'herbe que de rester enchaînées dans leur prison sacrée.

Je vois là aussi des paons, des perroquets et autres bêtes sacrées.

Dans un recoin enfoncé, plusieurs femmes à genoux font des invocations à une idole.

A onze heures nous rentrons pour déjeuner.

Après le repas, mon officier irlandais, qui a pris part à la guerre de l'Afghanistan, me donne des détails émouvants sur cette rude campagne. Il me renseigne aussi sur l'organisation de l'armée des Indes.

Il y a des régiments hindous et des régiments européens. Les premiers ont sept officiers européens qui portent le costume hindou ; ils sont mieux payés que dans les autres régiments, parce que leur tâche est plus difficile et, en cas de révolte, ils sont les plus exposés.

Le cavalier indien reçoit trente roupies par mois, mais il fournit son cheval qui lui coûte deux cents roupies, s'habille, et se nourrit à ses frais.

Dans les régiments européens, le soldat est nourri et vêtu et reçoit trente-deux roupies par mois.

Jusqu'ici on a renoncé à nourrir le soldat indien, parce qu'il faudrait autant de nourritures diverses qu'il y a de castes; et de plus, l'Hindou préfèrerait mourir de faim que de manger ce qu'un Européen a touché.

Mais on s'aperçoit que le soldat passe l'argent à ses parents, nourrit sa femme et ses enfants et se nourrit très peu lui-même; en sorte qu'il devient faible. On pense donc au moyen de lui fournir une bonne nourriture sans blesser ses croyances religieuses.

L'officier européen à 500 francs par mois; il doit connaître l'hindoustani et une autre langue du pays, le bengalais, le persan, l'afghan ou une autre; il subit plusieurs examens à des époques distancées et si, à quarante ans, il n'est pas reçu major, il est licencié avec 5,000 francs de retraite. Excellent système qui force ainsi les jeunes gens à avancer dans la carrière ou à la quitter. Il est toujours bon de se débarrasser des nullités.

Un officier est obligé d'avoir au moins sept domestiques : le domestique chef qui tient la maison et qui reçoit huit roupies par mois; celui qui sert, huit roupies; celui qui nettoie, cinq roupies; et, quatre coolies pour mouvoir le *panka,* deux pour le jour, deux pour la nuit, chacun a cinq roupies par mois.

S'il est dans la cavalerie, il lui faut encore trois domestiques pour son cheval, un pour l'étrier, un deuxième pour chercher l'herbe dans la jungle, le troisième pour l'abreuver. Celui-ci est chargé en même temps de préparer le bain du maître.

Le manque d'herbe et de foin crée de grandes difficultés pour la cavalerie. Excepté à l'époque des pluies qui ont lieu pendant l'été et qui durent ordinairement trois mois, la terre est tellement brûlée qu'on y cherche en vain un brin d'herbe.

Le Bengalais est insouciant, mou, adonné à la volupté; mais, les Anglais trouvent de bons soldats dans l'*Afgan* et le *Sigh,* tribu qui habite vers *Umballa* et *Umritsur.*

Malheureusement, ces soldats aiment trop le pillage.

Je retourne à l'hôtel où je trouve des charmeurs de serpents (page 62)

CHAPITRE III

Lucknow. — Cawnpore. — L'insurrection ou *Mutiny* de 1857. — Agra. — Delhi.

Je reviens à mon journal de voyage.

Le 10 décembre, au soir, je montais en wagon et, après avoir passé la nuit en route, j'arrivais le dimanche, onze décembre, de grand matin, à Lucknow.

Je me rends à l'hôtel et prends un guide.

Le son d'une cloche me met sur les traces de l'église catholique que je trouve pleine de fidèles.

Après la messe, on baptise deux gentils bébés, puis j'interroge le Père Belinzaghi, capucin lombard, qui me donne quelques détails sur la chrétienté qui lui est confiée. Il y a à Lucknow trois cents catholiques, dont la moitié indigène.

Les sœurs de Lorette irlandaises ont un couvent avec vingt-quatre pensionnaires et soixante-dix externes.

Il n'y a point d'école pour les garçons.

Lucknow, ville mahométane, jadis capitale de l'Oude, compte une population d'environ trois cents mille habitants.

De date récente, elle a été construite en 1775 par Azoofood-Dowlah, roi de l'Oude, qui quitta Fyzabad pour transférer ici sa capitale.

Le dernier roi de l'Oude, Wajid Ali Shad a été déposé en 1856, lors de l'annexion de cette province au domaine de la Compagnie des Indes.

En 1857, une terrible insurrection éclate à Lucknow. Les *sepoys*, ou soldats hindous, se révoltent et massacrent tous les Européens qu'ils peuvent atteindre.

La petite garnison anglaise se retire au palais de la *Résidence* avec les femmes et les enfants et fait là, une héroïque résistance qui se prolonge durant plusieurs mois.

J'en parcours les jardins : partout des croix et des pierres commémoratives marquent la place des braves défenseurs qui ont succombé. La Résidence n'est plus qu'une ruine.

On montre la place où Sir Lawrance fut tué d'un éclat de bombe, et une cave dans laquelle on avait placé cinquante femmes et enfants, qui y séjournèrent pendant plus de cinq mois.

Je cherche en vain sur les murs quelque inscription qui rappelle les angoisses de l'époque. Le danger exalte le cœur de la femme et en fait le brave des braves !

Non loin de la *Résidence* est un enclos dans lequel deux mille *sepoys* furent surpris et massacrés : la répression aussi a été terrible !

Je visite le collège *La Martinière.*

Cet immense bâtiment d'un style bizarre, entouré de beaux jardins, est ainsi appelé du nom de Claude Martin, lyonnais, qui, venu aux Indes comme simple soldat, mourut général au service du roi de l'Oude.

Il laissa une immense fortune et un testament qui en affectait l'emploi à la construction et à l'entretien de trois collèges, un à Lucknow, le deuxième à Calcutta, le troisième à Lyon.

Son tombeau se trouve sous le dôme, ou tour du collège, de Lucknow.

Le guide me conduit à travers de magnifiques jardins publics ; je vois même un jardin d'acclimatation avec une importante plantation de vignes et de beaux orangers.

On me montre aussi divers palais des rois de l'Oude, plus bizarres les uns que les autres, et enfin l'*Imaumbarra,* magnifique construction d'un effet fort pittoresque, dédiée à Azoofud Doalah; et, à côté, une grande Mosquée, appelée ***Jumna Musjid.***

Je fais une excursion à Chinka-Bazar, rue principale, et dans quelques autres rues, et je retourne à l'hôtel où je trouve des charmeurs de serpents. Ils jouent d'un petit instrument semblable à une clarinette, prennent des serpents qu'ils passent à leur cou, et sortent d'un panier des *Cobra,* qui, avec leur large gueule, s'élancent pour les mordre, mais on leur a arraché les dents.

Ces charmeurs ont avec eux un *Mangouste*, espèce de belette qui d'instinct poursuit les serpents. On peut le rendre domestique et il est fort utile aux Indes, car à l'époque des pluies, les serpents se réfugient souvent dans les maisons ou *Bungalows* qui n'ont presque tous qu'un rez-de-chaussée.

Les scorpions les plus venimeux font de même, et il est prudent de visiter son lit avant de se coucher, et le matin ses souliers avant de les passer.

A Bénarès j'avais fait mes excursions avec un officier irlandais ; à Lucknow, j'eus pour compagnon un jeune lombard qui faisait le tour du monde.

Lundi 12 *décembre.* Le lundi, de grand matin, je pars pour Cawnpore, où j'arrive vers onze heures et je descends à *Lee's hôtel.*

M. Lée était sergent en 1857 et vint à Cawnpore avec l'armée, le lendemain du massacre des Européens.

Je déjeune avec le Consul anglais de Chekian qui,

en rentrant chez lui, visitait les Indes, et avec un autre Anglais.

Après le repas, Lée nous conduit sur le Théâtre des événements. A un point donné, il nous fit descendre de voiture et nous montra l'endroit où les Européens, sous la conduite du général Wheeler, avaient formé une espèce de retranchement au moyen d'un fossé; ils étaient exposés en plein soleil, sans tente, sans abri, et obligés de se battre et de chercher l'eau à un puits sur lequel les insurgés faisaient un feu continuel.

C'est Nana Sahib qui, habilement, les avait attirés dans ce guet-apens.

« Déjà, depuis quelque temps, on voyait les Hindous s'en aller dans la jungle pour y tenir des conciliabules Tout avait été bien préparé dans le secret, lorsque, au moment choisi, l'étendard de la révolte fut levé.

» Les Européens étaient environ deux mille à Cawnpore.

» Le canal de la Jumna, qui commence à cet endroit et se prolonge sur mille cinq cents milles, en faisait l'Emporium des produits du Punjab et les marchands étaient nombreux.

» Ils se trouvaient tous avec leurs femmes et leurs enfants dans le retranchement et, tous les jours, soit par la maladie, soit par le feu de l'ennemi, ils avaient une quinzaine de morts; ils les jetaient durant la nuit dans un puits, situé à une centaine de mètres.

» Dans cette situation, le perfide Nana Sahib propose aux Européens de les embarquer sur le Gange pour les conduire sains et saufs à Bénarès. »

Lée nous conduit au lieu de l'embarquement.

« Les barques sont amenées les unes après les autres : les soldats et les bourgeois y montent et à peine sont-elles hors de vue qu'un drapeau est hissé sur un arbre ; c'est le signal.

» Des deux rives on tire sur les pauvres malheureux que les bateliers ont abandonnés, et à peine quatre réussissent à se sauver à la nage.

» Les femmes et les enfants avaient été enfermés dans deux *Bungalows*. Nana Sahib ordonne de les massacrer, mais les Hindous, qui d'après leur religion ne peuvent toucher le sang, refusent d'employer le couteau ; ils tirent à balle par les fenêtres.

» Ainsi la besogne est lente et Nana finit par appeler trente bouchers mahométans qui ouvrent le ventre aux victimes.

» Le lendemain, l'armée anglaise conduite par le général Havelock arrivait et ensevelissait dans un puits, situé près du lieu du massacre, les corps des huit cents victimes, et, comme il n'y avait pas place pour toutes, une partie fut enterrée dans le champ voisin ; mais auparavant, les trente bouchers furent étendus sur les corps de leurs victimes et on les gorgea de leur sang jusqu'à étouffement ; puis, le village situé près du point de l'embarquement, et qui avait assisté avec complaisance à la lugubre tragédie, fut entouré et brûlé avec tous ses habitants.

» La ville fut pillée et tout ce que les soldats trouvaient devant eux, filles, femmes, enfants, vieillards périssaient par l'épée. Les survivants n'en ont pas perdu le souvenir ! »

Sur les murs du petit temple, qui est sur les bords du Gange à l'endroit de l'embarquement, nous avons trouvé plusieurs inscriptions au charbon, comme celle-ci :

May God destroy England! May perish England and all Englishmen! Puisse Dieu détruire l'Angleterre : Périsse l'Angleterre avec tous les Anglais.

Evidemment, ces paroles n'ont pu être écrites que par les jeunes gens qui apprennent l'anglais aux écoles du gouvernement.

De toutes les curiosités de Cawnpore, Lée est incontestablement la plus curieuse; il raconte les faits avec tant d'animation qu'il fait revivre la scène. Il habite l'Inde depuis quarante ans, et il n'y a jamais été malade, mais durant les changements du temps, il souffre de ses nombreuses blessures.

Nana Sahib poussa la barbarie jusqu'à lier, dos à dos, partie des prisonniers et les laissa mourir, de faim; les Anglais cherchent encore à présent ce fameux brigand.

Sur le puits qui renferme le corps des victimes, un ange de marbre de Carrara, œuvre de Marochetti, se tient debout, adossé à la croix avec une palme à chaque main.

Sur le piédestal, on lit ces paroles :

« *Sacred to the perpetual memory of great company*
» *Christian people chifly women and Children, who*

» *near this sprt were cruelly massacred by the rebel* » *Nana Duotiprout of Bithow and cast dying with the* » *dead, into the well below on the* 15 *of the day of July* » *Anno D.* 1857. »

EN VOICI LA TRADUCTION :

« A la mémoire des nombreux chrétiens, spéciale- » ment femmes et enfants qui, près d'ici, ont été cruel- » lement massacrés par le rebelle Nana Duotiprout » de Bistow, et jetés, les mourants avec les morts, au fond de ce puits, le quinzième jour de Juillet de l'an de grâce 1857. »

A quatre heures, je repris le train et le soir j'arrivais à Agra où je m'installais à *Lori's hôtel.*

Plus on avance vers le Nord, plus la température baisse.

A Agra, on voit déjà les gens vêtus, et portant des babouches; les rizières disparaissent pour faire place au coton, au tabac, aux graines oléagineuses, au blé; mais comme le soleil, durant le jour, est brûlant et que la pluie se fait attendre de longs mois, on est obligé d'arroser le blé, en montant d'un puits de grosses poches de cuir remplies d'eau et tirées par une paire de bœufs.

A mesure qu'on avance dans l'intérieur, on trouve aussi moins de confort : à l'hôtel Loris j'eus de la peine à obtenir des draps et des couvertures; l'Anglais voyage toujours avec son lit.

Durant le dîner, quelques musiciens vinrent nous

faire entendre les instruments du pays : une petite harpe et une espèce de mandoline avec douze cordes fines en métal et deux en nerfs.

Mardi 13 *décembre*. Le mardi, de grand matin, avec mon compagnon anglais, je me mets en route pour la visite des monuments, en commençant par le Fort.

Ce vaste enclos sur la Jumna, entouré d'une muraille de pierres rouges, sert maintenant d'arsenal.

On montre, là, la salle d'audience où le grand Akbar, le plus illustre des descendants de Tamerlan, rendait la justice

Derrière le trône, des chambres fermées par des grilles permettaient aux femmes de jouir du coup d'œil; des trous nombreux, dans le mur, servaient d'appui aux lampes.

On voit encore, dans le Fort, le palais d'Akbar avec ornements en plâtre doré; les logements de ses femmes avec leurs bains et leurs bazars.

Le vice-roi, comte Litton, a fait poser dant le Fort une inscription à la mémoire du gouverneur, John Strachey, auquel sont dues la restauration et la conservation des monuments d'Agra.

On parcourt un palais de marbre destiné à l'impératrice, veuve de l'Empereur Jehan.

Les pierres précieuses, qui ornaient les murs en mosaïque de Florence, ont été en grande partie enlevée par les Mahrattas, lors de leur conquête.

Dans le Palais d'été, en pierres rouges découpées,

le côté des femmes a une espèce de terrasse pour prendre le frais durant la nuit.

La *Mosquée des pierres*, ou Perle des Mosquées, en marbre blanc, a trois coupoles et contient six cent cinquante adorateurs. Leurs places sont marquées sur le pavé par des bandes de marbre noir. Cette Mosquée est une des mieux réussies.

Du Fort, on jouit d'une très belle vue sur la *Jumna* où les femmes lavent le linge en le battant contre une planche. On a devant soi le grand pont tubulaire du chemin de fer; les trains passent sur le tube et les charrettes dans le tube.

Au loin, on aperçoit le fameux *Taje* avec ses coupoles et ses minarets.

Au-dessous du Fort, dans le fossé, se trouve l'*Arène* qui servait à la bataille des bêtes féroces dans les jours de grande fête.

Nous quittons le Fort pour nous rendre au Taje :

Ce monument est le tombeau que l'Empereur Shah Jehan bâtit pour sa belle épouse Moomtaza Zumanée, surnommée *la lumière du monde*. Il est en marbre blanc, parfaitement conservé, et consiste en une grande coupole haute de deux cent soixante pieds avec soixante-dix pieds de diamètre, élevée sur une terrasse environnée de tourelles. La longueur, égale à la largeur, est de cent quatre-vingt-dix pieds. Quatre minarets gracieux, de cent pieds de haut, se détachent aux quatre angles.

Le tombeau de l'Empereur et de l'Impératrice sont sous la coupole.

On voit à l'intérieur de belles découpures de marbre blanc, et beaucoup de mosaïques de Florence en pierres dures. Les ouvriers italiens qui les ont travaillées sont ensevelis dans la cathédrale catholique.

On dit qu'il a fallu vingt mille hommes, et vingt-deux ans de travail, pour achever ce chef-d'œuvre,

On aperçoit le fameux Taje avec ses coupoles et ses minarets (page 68)

dont le coût a été de soixante-quinze millions de francs.

Pour moi, je l'ai trouvé superbe et, sinon le plus frappant, du moins le plus gracieux des monuments de l'Inde; mais on exagère quand on l'appelle le plus beau monument du monde. Il vaut à peine un morceau du dôme de Milan ou de Saint-Pierre de Rome.

C'est une chose remarquable, que la belle époque pour l'art et l'architecture aux Indes est la même qu'en Europe.

Evidemment, les progrès de la navigation avaient déjà permis aux artistes et aux ingénieurs européens d'importer dans les Indes quelque chose du goût de l'Europe.

Le Taje est entouré d'un magnifique jardin, bien garni de fleurs, de plantes et d'un étang de marbre. On y a accès par une porte monumentale.

Dans l'après-midi, nous fîmes une excursion à Secundra situé à quatre milles dans la campagne. On y voit le tombeau d'Akbar. Les nombreuses tourelles qui l'ornent sont d'un très bel effet.

Un peu plus loin, nous avons visité un autre tombeau, celui de Begum Maire, portugaise, qu'Akbar avait épousée et qui fut pour beaucoup dans l'esprit de tolérance envers les chrétiens qu'on remarque chez cet Empereur. Ce monument est à présent converti en orphelinat protestant.

Mardi 14 *décembre.* Le mardi, toujours avec mon même compagnon de voyage, nous partons pour Futtehpore-Sikri, situé à douze milles de distance. C'était le Versailles d'Akbar.

Un immense enclos renfermait les jardins, là où le bœuf paît maintenant, et où le paysan sème son blé parmi les nombreuses ruines.

Sur une petite élévation, le palais est encore debout et bien conservé. Dans une de ses cours, on voit un tombeau de marbre à galeries ornées de belles découpures : C'est le tombeau du Sheik *Selim Chisti* tenu en grande vénération. La pierre qui couvre le corps est elle-même recouverte d'un velours, et on distribue aux pèlerins de petits pains comme nos pains de Saint-Nicolas.

Cette première cour est un carré de cinq pieds de côté; elle est entourée d'une belle galerie, et les appartements sont surmontés d'une terrasse ornée de tourelles.

Plus loin sont les écuries des chameaux; il y a place pour cent. Celles des chevaux en peuvent contenir deux cent cinquante, et celles des éléphants sont aussi très vastes.

Dans une seconde cour s'élèvent les palais des diverses sultanes de l'Empereur Akbar. Il en avait une de Constantinople, une portugaise et plusieurs autres. La portugaise avait auprès d'elle un père Jésuite, pour le service religieux.

Afin d'amuser ses femmes, Akbar avait construit une maison pour jouer à cache-cache : C'est un ensemble de piliers posés les uns près des autres, de manière qu'il est très facile de se cacher en passant de l'un à l'autre.

Dans la cour, on voit encore un vaste échiquier en dalles, en forme de croix, selon le système indien. Au lieu de pions de bois, on employait des pions vivants, garçons et filles.

Du haut du palais, on aperçoit l'ensemble des ruines répandues dans l'enceinte du jardin, et les deux villages de Futtehpore et de Sikri qui s'y sont formés.

Il y a, à côté du palais, un grand puits rempli d'une eau verdâtre; moyennant quelques sous, deux hommes y ont plongé, devant nous, de la hauteur de quinze mètres.

Akbar ne profita pas longtemps de sa belle résidence; un Gooroo ou saint hindou, qu'il tenait près de lui, probablement pour raison politique, lui déclara qu'il était trop dérangé par le bruit de la Cour et que l'un des deux devait partir. Akbar le laissa donc en paix à Futtehpore-Sikri et bâtit la ville d'Agra où il se retira avec sa suite.

Agra est aujourd'hui une des villes les plus pittoresques de l'Inde. Elle a une population de cent cinquante mille habitants, mais elle était plus peuplée avant qu'Allahabad ne l'eût remplacée comme capitale des provinces du Nord-Ouest.

Ses rues sont propres et bien pavées, ses bazars bien fournis, surtout en objets de cuivre ou d'airain avec émail d'or et d'argent.

Les maisons sont ornées de belles *verandas* en pierres rouges finement découpées.

Je finis ma journée au collège Saint-Pierre, chez les Pères chargés de la Mission. Monseigneur Jacobi, le vicaire apostolique, n'était point là; il était parti pour *Sirdanah*.

Les Sœurs donnaient les prix dans leur établissement et avaient invité les missionnaires; je ne trouvai donc qu'un bon vieux Père pour me renseigner.

Il y a mille trois cents catholiques à Agra : le nombre en était plus grand quand elle était capitale. Les Pères ont leur collège et un orphelinat avec quatre-vingt-dix orphelins; les Sœurs s'occupent de deux cents orphelines et de quelques pensionnaires payantes. Une partie de ces orphelines provient de la famine de 1877.

Le gouvenement paye deux roupies par mois pour les orphelins envoyés par lui ; ceux recueillis par les missionnaires sont à la charge de la charité publique.

A Sirdanah, près Meerut, les mêmes missionnaires ont deux établissements avec cent cinquante orphelins et cent orphelines. A Agra, ils ont en outre un asile qui donne refuge à cent personnes, hommes et femmes, qu'on occupe à divers travaux.

Pour les orphelins, le Directeur des prisons a offert de leur apprendre un métier. Dans les prisons, trois mille détenus sont employés à tisser, filer, imprimer, fabriquer du papier, etc.

Mercredi 15 *décembre*. Avant le lever du soleil, je me rends à la gare et, pendant que le train se met en marche, je peux encore suivre longtemps des yeux le Taje dont la coupole et les quatre minarets brillent au clair de la lune.

A Toondla, croisement de voie ; nous sommes obligés de séjourner longtemps pour attendre le train venant de Calcutta, qui est en retard de trois ou quatre heures.

La campagne devient toujours plus nue, la température moins chaude. On se croirait dans le nord de la Chine.

Le soir, toujours avec mon compagnon, nous arrivons en vue de Delhi pour admirer ses dômes et ses minarets inondés par les derniers rayons du soleil couchant.

Le *Northenbrook's hôtel,* où nous nous installons, ressemble à une construction arabe : cour intérieure avec galeries, toiture en terrasse, salles décorées à l'orientale.

Nous parcourons la ville et faisons les badauds devant les bazars; puis, avec beaucoup de peine, à travers les ténèbres, j'arrive à l'Eglise que dessert un prêtre irlandais; il a une centaine de paroissiens, y compris les soldats et une douzaine de familles de marchands, dont la préoccupation principale est de faire fortune.

Vendredi 16 *décembre.* Le lendemain, de grand matin, nous partons pour une excursion dans les environs; je suis obligé de mettre mon pardessus. Le soleil est caché derrière les nuages et un vent glacé soulève le sable dont le sol est couvert.

Nous suivons une large voie plantée de *mimosas* gigantesques, sur lesquels les vautours et autres grands oiseaux font leur nid. La campagne est couverte des coupoles d'anciens tombeaux et d'autres ruines.

La ville de Delhi a été rebâtie plusieurs fois. On croit qu'elle occupe l'emplacement de l'ancienne,

Indraprestha, que les Hindous disent fondée 3000 ans avant Jésus-Christ.

Elle était le siège des Padshahs ou empereurs mongols, qui ont régné après Tamerlan, de 1526 à 1707, et dont les noms sont Baber, Humayoon, Akbar, Shahjehan et Aurungzebe.

Après eux, le pays fut ravagé et morcelé à diverses reprises, surtout par les Mahrattas; et il s'éleva une autre ligne représentée par Shah Alum qui, en 1803, fut mis sous la protection anglaise.

Le dernier empereur de Delhi, Mahommed Mahadur, fut proclamé empereur des Indes par les rebelles en 1857; mais, après la guerre, on lui fit un procès; il fut déposé et exilé à Rangoon, où il est mort en 1862.

Delhi a compté jusqu'à deux millions d'habitants, et occupait un espace de vingt milles carrés. C'est pourquoi on voit dans la campagne tant de ruines.

La population est maintenant de cent cinquante-cinq mille âmes; mais, à voir les nombreuses coupoles des tombeaux, on croirait que ce peuple aime à loger les morts plus grandement que les vivants.

Après deux heures de voiture, nous arrivons au *Kootub Minar,* tour à cinq étages, en pierre rouge, haute de deux cent cinquante pieds, située en rase campagne et bâtie par le sultan Shams-ood-deen. La base a cent cinquante pieds de circonférence, mais, à chaque étage, la grosseur va en diminuant pour exagérer l'effet de la perspective. La surface est découpée par des angles et des ronds; le dernier étage est en marbre. L'effet est assez réussi.

Du haut de la tour on domine la campagne et on voit la ville dans le lointain.

Au pied du Ksotub sont les ruines intéressantes de temples hindous. Les galeries, encore debout, ont de beaux piliers sculptés qui soutiennent des terrasses formées par de longues et larges dalles posées en encorbellement.

Aux environs, les tombeaux de saints hindous, de ministres, d'empereurs, dont quelques-uns, assez beaux, sont maintenant le séjour des perroquets, des tourterelles et des *hookaï,* charmants oiseaux à long bec, à ailes bigarrées avec un plumet sur la tête.

Cet usage des tombeaux prouve que, même parmi les Hindous, la crémation est réservée au peuple et que les grands personnages préfèrent être ensevelis.

Nous quittons le Kootub pour visiter en route plusieurs autres tombeaux. Celui de l'Empereur Humayoon est le plus remarquable. Il a été bâti par son fils, l'empereur Akbar, et consiste en une grande coupole, flanquée de quatre plus petites, le tout sur une haute plate-forme, sous laquelle sont les caveaux et les restes de Humayoon. Les quatre petites coupoles, aux quatre angles, recouvrent les restes de membres de la famille impériale.

On voit là aussi de belles découpures de marbre et de pierres rouges.

C'est dans ce temple qu'en 1858, à la prise de Delhi

par les Anglais, après la révolte, on trouva cachés deux fils de l'Empereur.

L'officier chargé de les emmener, voyant la foule grossissante prendre une attitude menaçante autour des chars, prit une résolution énergique; il tira son revolver, et, à bout portant, foudroya les deux princes. La population terrifiée laissa libre cours au véhicule.

Nous rentrons dans la ville pour visiter le Fort : Toutes les maisons qui l'entouraient ont été abattues après la révolte, et à l'intérieur on a construit de vastes casernes occupées par une garnison toute européenne.

On trouve dans le Fort, au milieu des beaux jardins, le palais de l'Empereur Jehan; la salle publique, ou salle d'audience est très vaste, et derrière le trône on voit l'endroit où se tenaient dissimulées, par des fenêtres garnies de grilles, les femmes de la Cour.

Le palais particulier, dessin de l'ingénieur Austin, de Bordeaux, est en marbre blanc orné de mosaïques en pierres dures et de filets d'or, verts et rouges d'un effet merveilleux.

Le Prince de Galles a occupé durant une nuit la chambre de l'Empereur.

C'est dans ce palais que se trouvait le fameux trône du paon, exécuté par un Français, et dont la valeur était estimée six millions de livres sterlings (150 millions de francs).

Les Perses conduits par Nadir Shah, en 1739, ravagèrent le pays et emportèrent ce trésor.

Comme dans tous les palais de l'Inde, à côté des appartements du souverain, on voit celui de ses femmes, avec mosquées, bains et salles diverses pour les enfants.

Du Fort, on jouit d'une belle vue sur la Jumna que traverse, près de là, le beau pont tubulaire du chemin de fer.

Après le déjeuner, nous parcourons les divers quartiers de la ville. Elle est fort belle et le séjour doit en être agréable : boulevards larges, rues plantées d'arbres, jardin public de la Reine (*Queen's garden*, 57 hectares), boulevards extérieurs et jardin public hors des murs. On dirait une ville européenne.

Les maisons sont en pierres ou en briques, surmontées de terrasses.

Les femmes des Musulmans, presque toujours enfermées dans les maisons, brodent les châles et les tapis dits de Cachemire.

Nous voyons un grand nombre de ces châles dans quelques magasins. On en fait à la mode ancienne, à brillantes couleurs; et, selon le goût moderne, sur étoffe grise ou marron avec broderie d'une seule couleur; les plus beaux châles coûtent environ cinq cents francs.

On fait aussi à Delhi le filigrane, et autres bijouteries assez bonnes, d'or et d'argent; on travaille l'ivoire et on sculpte le bois.

Nous nous rendons à la fameuse Mosquée de *Jumma Musjid*, qu'on dit la plus belle des Indes. Elle est en marbre et pierre rouge et très vaste; trois dômes la surmontent; une grande cour de quatre cent cinquante pieds carrés, pavée de marbre la précède. On dit qu'à la fête d'Octobre, vingt-quatre mille Musulmans sont toujours présents. Pour aujourd'hui, la foule occupe l'intérieur.

C'est vendredi et il est deux heures, l'heure de la prière. Nous grimpons sur un des minarets pour jouir de la vue et, en descendant, à un coin de la cour, sous la galerie, on nous montre diverses reliques de Mahomet, soigneusement enfermées sous plusieurs chefs.

C'est d'abord une copie du Coran sur parchemin en lettres *koufies;* on le croit écrit par le petit-fils de Mahomet et apporté de Médine, il y a environ douze siècles; puis les pantoufles du prophète et un poil de sa barbe : il est complètement rouge; enfin, des traces de pieds humains sur une pierre de marbre.

C'est un moyen comme un autre de gagner une roupie.

On voit aussi de beaux monuments modernes : la tour de l'horloge, le musée, le collège, le marché et un immense caravansérail construit par les Anglais dans lequel les voyageurs indigènes sont logés moyennant deux *annas* par jour.

Nous visitons les lieux rendus célèbres par les tragédies de 1857 :

C'est d'abord la porte de Kashmire encore toute criblée de balles. Elle sauta par l'explosion de quelques barils de poudre que les Anglais y apportèrent avant l'aube.

Près de là est la brêche par où une autre colonne

pénétra dans la ville; plus loin, on voit la place des batteries anglaises; le *Bungalow*, où se tenait l'Etat-major, sert maintenant d'hôpital militaire.

Au-dela s'élève une belle tour gothique en pierres rouges, construite à la mémoire des soldats anglais morts pendant le siège. Sur 9,866, il y en eut 3,854 qui périrent.

Sur le piédestal, ont lit l'inscription suivante :

« *In memory of the officers and soldiers british and* » *natives, of the Delhi field force who were killed in* » *action or died by wounds or diseases between the* 30 » *may and* 20 7*bre* 1857 ; *this monument has been erected* » *by the comrades who lament their loss, and by the* » *government they served so well.* »

VOICI LA TRADUCTION DE CETTE INSCRIPTION :

« A la mémoire des officiers et soldats anglais et » indigènes de l'armée de Delhi, qui ont été tués en » bataille, ou ont succombé des suites des blessures » ou des maladies entre le 30 mai et le 20 7bre 1857; » ce monument a été élevé par les camarades qui » pleurent leur perte et par le gouvernement, qu'ils ont si bien servi. »

Delhi est sur un terrain sablonneux et aride, mais qui devient fertile s'il est arrosé. Le canal de la Jumna le traverse. Dans les environs, il y a quelques beaux jardins plantés d'orangers et de bananiers. J'ai vu à Delhi une cérémonie de mariage au son du tambour, et un enterrement ou cérémonie funèbre. Le cadavre, accompagné de nombreux parents et amis, habillés de blanc, était porté au *Burning-Ghaut*, dans la jungle, pour être brûlé.

On voit encore les murs qui vont de la plaine à la colline (page 84)

CHAPITRE IV

Jeypore. — Ahmedabad. — Baroda. — Bombey. — Les caves de Karli.

Le samedi 17 décembre, je me rends de bonne heure au chemin de fer, et je passe la journée en route vers Jeypore.

Après quelques plaines sèches, dans lesquelles on arrose un peu de blé avec l'eau des puits, nous sortons du ***Punjab*** pour entrer dans le ***Rajpootana***. Là, nous traversons quelques rivières presque sans eau, puis nous commençons à voir quelques collines, couronnées par-ci par-là de vieux forts.

Vers le soir, j'arrive à *Jeypore* et m'installe au *Bungalow* (1).

Dimanche 18 *décembre*. Il y a bien à Jeypore une chapelle catholique, mais elle n'est desservie qu'une fois par mois par les missionnaires d'Agra.

Mon compagnon Anglais arrive par le train du matin. Un professeur qui vient de Mussoorie se joint à nous, et nous visitons d'abord le jardin aux abords de la ville.

Nous avons pour guide un nommé Philipp, jeune Hindou, intelligent et équipé à l'européenne. Il écrit aux employés du Maharajah pour avoir un éléphant; puis, il nous mène à travers le jardin public.

On ne saurait en trouver un plus beau en Europe : larges allées, gazons bien tenus, plantes et fleurs les plus variées, bêtes féroces, oiseaux de toutes les parties de l'Inde, et serres nombreuses. Celles-ci sont en bambou et servent à préserver les plantes délicates des rayons ardents du soleil.

Nous faisons chez nous des serres pour tenir les plantes au chaud, ici on les construits pour les tenir au frais. De nombreux jets d'eaux se croisent dans

(1) Dans les principales stations, le gouvernement entretient à ses frais un *Bungalow*. Les voyageurs y trouvent des chambres et des bois de lit, mais ils doivent avoir avec eux matelas, draps et couvertures. On paye au gardien une roupie par jour et par personne, et on peut le charger de la dépense du ménage et de la cuisine.

toutes les directions et montent jusqu'au plafond humecter les nombreux parasites qui descendent des troncs d'arbres suspendus en guise de lampes.

Nous pénétrons dans la ville. C'est une des plus belles, des plus curieuses que l'on puisse imaginer.

Elle a été construite au siècle dernier sur les desseins d'un ingénieur français. Ses rues sont longues de deux milles et larges de quarante mètres. A chaque point de croisement, on a formé une place avec fontaine et marché.

Le vice-roi, marquis de Ripon, l'a visitée récemment et, à cette occasion, toutes les maisons ont été repeintes à neuf, sur le même fond rose, avec ornements blancs en style arabe; on dirait une ville bâtie d'hier.

Le palais du Maharajah occupe un vaste carré.

On nous montre le salon destiné aux grandes réceptions et la grande salle à manger; j'aurais voulu grimper sur une tour, mais impossible : elle domine l'appartement des femmes.

A l'Observatoire, parmi les appareils, je remarque deux grands disques et un instrument destiné à reconnaître les jours heureux et malheureux.

On me montre aussi un petit temple d'Adam.

Nous visitons quelques ateliers où l'on fabrique des idoles de marbre, et nous nous acheminons vers *Amber*, la ville morte.

Nous aurions voulu faire la connaissance du prince *Ram Sing*, mais il est en voyage de noces; il vient d'épouser sa quatrième femme. On le dit intelligent et éclairé : en tout cas, c'est le seule Prince hindou qui ait éclairé sa ville au gaz. Il a bâti des écoles pour les jeunes gens de sa noblesse.

Son royaume est riche : il fournit l'or, l'argent et les diamants; l'armée compte huit mille soldats; comme tous les royaumes tributaires, il a un *assistant* anglais qui est le véritable gouvernant.

La capitale de l'Etat était Amber; mais, au siècle dernier, un de ces prêtres, en odeur de sainteté, qui abondent dans l'Inde, déclara au prince *Jai Sing* que le millième anniversaire de la fondation de la ville avait vu le jour, qu'une capitale ne peut durer plus de 1000 ans, et qu'il n'y serait plus en sûreté; que par conséquent il devait construire une capitale ailleurs :

Le prince crédule construisit Jeypore à quelques milles de là.

Amber fut abandonnée, et on voit encore à présent les murs qui vont de la plaine à la colline et en couronnent les sommets, rappelant la Grande Muraille de Chine. Les Mosquées, les maisons, les rues sont en bon état, mais vides. A peine trois mille âmes ont consenti à rester dans la vieille capitale.

La voiture nous conduit aux pieds d'une colline; nous rencontrons en route un énorme éléphant, un des quarante-cinq que possède le Maharajah, et qui est mis à notre disposition.

En marchant son pas ordinaire, il suit presque la voiture Il est dans sa jeunesse; il a quatre-vingts ans. C'est une femelle; elle n'a pas de défense.

A un signe du cornac, cet éléphant plie les jambes

de devant, puis celles de derrière; on adosse une échelle et, perchés sur la grande bête, nous avons l'air de quatre *bébés*.

L'éléphant nous monte sur la colline au palais royal. Il est bâti en pierres rouges, mais le prince qui avait ordonné l'emploi du marbre les a fait recouvrir en plâtre blanc.

Ce palais est un labyrinthe de cours et d'appartements dont quelques-uns sont ornés de petits morceaux de miroirs incrustés dans les murs et aux plafonds et d'un bel effet.

Nous parcourons le *Zenana*, ou quartier des femmes. Il y a place pour vingt-cinq, chacune ayant cinquante filles esclaves pour le service.

On voit, vers le Nord, le quartier réservé à ces esclaves.

J'ai remarqué, dans le palais, de beaux grenadiers; le fruit est enfermé dans des pots de terre cuite, ou entouré de chiffons, et un homme se tenait posté avec arc et flèches pour éloigner les perroquets, écureuils et autres gourmands.

Dans une partie de l'appartement, on nous a fait voir le temple dans lequel, durant des siècles, un homme était immolé chaque matin.

La longue et lourde lame qui servait à l'opération est encore là.

Maintenant, ce sacrifice est remplacé par celui d'une chèvre qu'on tue tous les matins à six heures.

Le sang est offert à l'idole dans le sanctuaire, puis

jeté dans un trou qu'on voit près de là; la tête va aux *parias* et le corps aux prêtres.

Dans ce temple, je remarque un ensemble de tambours qu'on frappe en tournant une grosse manivelle, comme pour nos orgues de barbarie.

Sur la colline voisine, deux forts renferment les trésors du Maharajah. On dit très insolents et très cruels, les soldats qui les gardent.

Nous rebroussons chemin.

Dans la plaine un beau petit lac, entouré de jardins et de bâtiments, destinés aux bains, complète le paysage. Je vois sur les bords deux gros objets noirs comme deux grosses poutres : on me dit que ce sont des crocodiles, et qu'ils ne sont point dangereux.

Je veux les voir de près, je descends seul de l'éléphant, — mes compagnons sont moins curieux, — et je m'avance lentement, armé de mon ombrelle; le guide et un des cornac qui me suivent se tiennent prudemment à distance; on m'avait dit que le crocodile court rapidement en ligne droite, mais qu'il a de la difficulté à se tourner; je comptais, au besoin, leur échapper en courant en zigzag.

Lorsque je suis à une quinzaine de mètres, je vois les monstres se bouger et se diriger vers l'eau; je double le pas et j'arrive à les voir à cinq ou six mètres de distance, puis ils nagent majestueusemeut dans le lac, et retournent à la rive sitôt que je me suis éloigné.

Le Maharajah est chasseur; nous avons vu à la promenade quarante de ses chiens habillés.

Dans les environs, le tigre abonde, mais on trouve peu de léopards.

On chasse le tigre de deux manières :

L'Hindou, posté sur un arbre, l'attend généralement à l'affût, au bord de l'eau ou près d'un chevreuil. L'Européen préfère aller à l'endroit où il doit passer; il est armé d'un fusil à balle explosible et portant au bout une baïonnette.

Le soir, je quittais Jeypore en route pour Ahmedabad. Dans mon compartiment, je trouve un Anglais, qui, suivant l'habitude du pays, voyage avec plusieurs domestiques.

A minuit, il est arrivé; on l'éveille, il descend en appelant ses domestiques logés en troisième.

Le matin, un bon garçon de dix-huit ans, vint me demander son maître; je lui dis par interprète qu'il est descendu dix stations avant; alors il montre le trousseau des clefs de toutes les malles, et me dit qu'il n'a point d'argent pour retourner. Je parle au chef de gare et renvoie à son maître ce jeune dormeur.

Il sera toujours vrai que le meilleur moyen d'être bien servi, c'est de se servir soi-même.

Le lundi, 19 *décembre*, toute la journée se passe en chemin de fer ; à mesure que nous revenons vers la zone torride, les villages de boue disparaissent pour faire place aux cabanes de paille ou de feuilles d'arbres. Les gens sont nus et la végétation tropicale.

Nous passons à la station de ***Mount Aboo;*** de là, en six heures de cheval, on atteint dans les montagnes ce *Sanitarium* renommé.

Nous quittons le Rajpootana pour entrer dans le Guzerat. On y trouve d'autres types et d'énormes turbans.

La route est bordée de *Seers* (espèce d'autruche), de pélicans et de singes.

Sur les arbres, les paysans forment un petit lit, où ils se tiennent avec un fouet, pour éloigner des récoltes tous ces bipèdes plus ou moins sacrés.

Vers le soir, j'arrive à Ahmedabad. Cette ville est sous la domination directe des Anglais, depuis 1818. Elle a été bâtie en 1412, par Ahmed Shah ; ses murailles ont six milles de long. Elle compte cent dix-huit mille habitants, mais n'a pas d'hôtel.

A la gare, on me loge sous une tente et j'y passe la nuit. A peine avais-je pris le sommeil que j'entends le bruit d'un animal ; je songe d'abord aux serpents, puis je m'aperçois que j'ai affaire à ce coquin d'écureuil qui a son domicile partout.

Le bruit des groupes qui stationnent autour de la gare ne favorisent pas le sommeil : il y avait foire et grands concours de peuple.

***Mardi** 20 décembre*. Je suis matinal et pars en voiture pour visiter les environs.

On voit déjà partout les longues cheminées des manufactures qui raffinent le sucre et filent le coton.

Mon cocher me conduit à ***Kob area Tank***, joli petit lac artificiel qui avait au centre un palais maintenant en ruines. Sur la petite île, on a élevé une galerie et tracé un beau jardin.

Plus loin, j'arrive à la Mosquée d'Alam, près de laquelle j'admire un magnifique cocotier haut de vingt mètres.

Je monte sur un minaret pour dominer la campagne. On voit des plantations de cannes à sucre, des rizières, du coton, du tabac, de magnifiques *bahnians* et des tamarins séculaires.

Près de cette Mosquée s'élèvent quelques tombeaux en pierre tendre découpée et ornée en nacre. Les perroquets y font leur séjour.

En ville, je trouve de larges rues et des marchés approvisionnés de bons fruits et légumes; les maisons sont en briques, ou en bois avec beaucoup de sculptures antiques. Les toitures sont toutes en tuiles rondes.

On me conduit à la Mosquée *Jumma Mujid.* Elle est surmontée de trois coupoles, mais on ne voit point de minaret. L'intérieur est un labyrinthe de piliers qui soutiennent les voûtes ou des terrasses; on en compte trois cent soixante; c'est d'un effet singulier, mais je doute que tous les spectateurs puissent voir ou entendre le prédicateur lorsqu'il parle de sa chaire.

Dans les galeries destinées aux femmes, je ne trouve qu'un grand nombre de chauve-souris.

Du haut de la toiture en terrasse, je domine l'ensemble de la ville.

Près de là, on me montre quelques autres Mosquées et tombeaux plus ou moins sculptés, plus ou moins en ruines; puis, je vais à la forteresse, transformée en prison.

Un des employés a la bonté de me conduire partout.

Je trouve là quatre cents prisonniers.

Les condamnés à vie sont transférés aux îles Adaman, dans le golfe de Bengale. Les condamnés à deux ans et au-dessous travaillent dans les rues et les jardins publics; les autres sont occupés dans la prison à différents métiers; j'ai vu les forgerons, les tisserands, les fabricants de paniers et autres objets en jonc, ceux qui teignent le fil de coton et qui font les cordes avec les fils de coco, les charpentiers, les ébénistes, etc.

On fait surtout de beaux tapis en coton qu'on vend cinquante centimes le pied carré. Un Américain venait d'en commander une centaine. On les tisse à la main et on les fait d'une seule pièce pour la même chambre. Les dessins sont beaux et variés.

L'ordre et la propreté sont partout irréprochables.

Les prisonniers prennent le bain deux fois la semaine et même tous les jours pour les castes qui en ont l'obligation.

A la cuisine, je vois cuire le pain de millet sur les disques de fer, et je vois aussi un brahmin qui prépare lui-même sa nourriture.

Si un individu a connu un métier avant d'entrer en prison, on l'occupe à un autre métier, afin que le travail soit réellement forcé.

Ici, comme partout, le défaut d'instruction et surtout d'éducation est la source principale du crime.

Ces assassins, ces voleurs de grand chemin qui arrivent à la prison presque sauvages, après quelque temps deviennent doux, soumis et travailleurs, au point qu'on ne voit des punitions qu'une fois par mois. Ces punitions sont de quatre sortes : 1° chaînes plus grosses, 2° diminution de nourriture, 3° vingt-cinq coups de verges sur le dos, 4° cellule solitaire.

Dans l'infirmerie, je trouve sept malades, dont deux de la poitrine ; les autres ont eu la cheville du pied endommagée par la chaîne.

En général, on voit peu de maladies de poitrine aux Indes. Les maladies les plus fréquentes sont la petite vérole qui fait beaucoup de victimes. Maintenant, le vaccin devenu obligatoire tend à faire disparaître cette terrible maladie. Le choléra et la dyssenterie tuent, tous les ans, beaucoup de monde ; les maladies de foie et de la peau sont assez fréquentes ; la lèpre aussi n'est pas rare. Les uns ont la lèpre blanche et leur peau devient blanche comme celle des Européens ; on peut en guérir. La lèpre noire est la plus mauvaise : on n'en guérit pas. Le patient perd d'abord son nez ; puis, les unes après les autres, les phalanges des doigts des mains et des pieds ; on voit son corps s'en aller en pièces.

Au sortir de la prison, on me montre deux grandes fenêtres en marbre bien découpé en forme de plantes, puis on me conduit au temple hindou de Swani-Narayen.

Ce beau monument en pierres tendres est surmonté de trois coupoles en forme de clochetons richement sculptés (style hindou). Six marches conduisent à l'autel parfumé à l'essence de rose, et on ne peut en approcher qu'après avoir ôté ses souliers.

Plusieurs femmes sont en adoration devant trois statues de marbre : la trinité des Hindous; d'autres versent dans une caisse, où se trouvent des compartiments séparés, leurs offrandes de riz, de blé, de millet, etc.

Autour du temple est une grande construction à deux étages, avec jolis balcons de marbre. Je la parcours et j'y trouve de grandes salles, beaucoup de chiffons et des centaines d'individus que je prends pour des moines.

Impossible d'avoir d'eux, ou de mon guide, une explication. Ils ne parlent que le guzerati.

Je continue ma route vers la campagne, et on me conduit au temple de Jani, le plus beau que j'aie vu aux Indes. Il est construit en pierres tendres, richement sculptée, et occupe le centre d'une vaste cour entourée d'une galerie avec cinquante portiques. Chaque pilier porte, au chapiteau, un ange jouant d'un instrument; sous chaque portique, derrière une grille de fer, est un autel avec la statue de quelque Dieu ou saint indien.

Beaucoup de pèlerins se tiennent prosternés dans l'attitude de la plus grande piété.

Non loin du temple, une musique indigène fait un bruit étourdissant avec tambours, trompettes, disques, etc. On souhaite la bienvenue au Maharajah de Jeypore qui se montre sur la terrasse du *Bungalow;* il est en voyage de noces.

Un peu plus loin, on me montre le grand puits de *Dada,* composé de sept grands puits carrés, séparés par de petits murs, et dans lesquels on descend par des escaliers ; les parois sont formées d'une double galerie richement sculptée en style indou.

Près de là, je vois une petite et gracieuse Mosquée, du haut de laquelle j'aperçois beaucoup d'ouvriers travaillant à une route, et des femmes portant sur la tête des corbeilles de terre.

Le temps me manque pour rendre visite aux missionnaires.

Dans l'après-midi, je pars pour Baroda, où j'arrive après trois heures. La ville était toute pavoisée; et, par-ci par-là, des arcs de triomphe étaient en construction.

Dans une dizaine de jours, le jeune *Gaekwar* ou Maharajah, atteint sa majorité et recevra l'investiture royale par le gouverneur de Bombay, délégué du vice-roi.

A cette occasion, on a ouvert une exposition des produits industriels de l'Etat de Baroda; j'y trouve environ cinq mille objets en étoffes, sculptures, orfèvrerie, etc., qui montrent les progrès de ce peuple.

Je vois grande animation partout; des bœufs magnifiques, quelques-uns sans cornes, traînent à un bon trot les chars indigènes, espèces de chars romains en bambou, portant sur deux roues une plateforme qui reçoit toute une famille.

On voit aussi un va-et-vient de cavaliers de toutes couleurs; quelques-uns précèdent ou suivent une voiture fermée qui porte les femmes de la Cour. Derrière la voiture, au lieu d'un valet de pied, se tient debout une femme de chambre.

Au centre de la ville s'élève une haute tour portant une horloge. On y suspend partout des verres pour l'illumination.

De ce point élevé, je peux saisir le plan de la ville.

Elle est assez vaste pour ses deux cents mille habitants. Mais les palais du Gaekwar, avec leurs jardins, prennent beaucoup de place.

Deux grandes rues se coupent à angles droits à la tour; les autres sont des rues tortueuses.

Les maisons sont en bois ou en briques; partout les maçons et même les femmes bouchent les trous et repeignent les façades.

Baroda est la capitale du *Gujrat,* Etat tributaire qui compte deux millions d'habitants.

Après la visite de la ville et des jardins, je me rends chez les PP. missionnaires, mais ils ne sont pas là. Un Père vient de *Surat* chaque deux dimanches célébrer la messe à la chapelle.

A la gare, M. Stumpf, ingénieur italien devenu Français, me cède gentiment un coin de sa chambre.

Il est chargé de la construction du nouveau palais royal qui coûtera six millions de roupies.

A onze heures du soir, je prends le train-poste qui me dépose à Bombay à dix heures du matin.

Mardi 21 *décembre.* En approchant de Bombay, la campagne redevient complètement tropicale; de belles forêts de cocotiers, des bananes en quantité et une jungle touffue comme à Calcutta; les indigènes grimpent sur les cocotiers pour recueillir dans des pots de terre le suc qui sort des entailles faites la veille.

On passe plusieurs grandes rivières sur des ponts reposant sur de grands pieux de fer.

Vers l'Est, on voit de belles collines boisées; à

Les indigènes grimpent sur les cocotiers pour recueillir le suc (page 95)

l'Ouest, nous apercevons les ruines de l'ancienne *Bassein*, jadis prospère sous les Portugais, puis abandonnée après avoir été ruinée par les Mahrattas.

22, 23, 24, 25 *décembre à Bombay*. Dans les environs de Bombay, la campagne est couverte d'usines à hautes cheminées; on y tisse la soie et le coton, on y prépare le sucre : L'Inde se passe déjà de Manchester.

Le train s'arrête en ville à cinq ou six stations. On voit de beaux jardins et de magnifiques monuments. La Poste, le Palais de justice, le Collège catholique, l'Université, l'Ecole des beaux-arts, quelques hôpitaux sont de superbes constructions gothiques qui donnent à la ville un aspect de vraie capitale.

Bombay, chef-lieu de la Présidence de ce nom, est située sur une île qui fut donnée en dot à la princesse Catherine de Portugal, à l'occasion de son mariage avec le roi Charles II d'Angleterre. En 1669 le roi la céda à la Compagnie des Indes.

Depuis l'ouverture du canal de Suez, Bombay est devenue tête de ligne pour l'Europe, et a beaucoup prospéré.

Elle compte huit cent mille habitants, parmi lesquels cent cinquante mille Mahométans, et cinquante mille Parsis.

Les Européens ne sont pas nombreux et habitent, de préférence, des villas à la campagne, à *Malabar hill.*

Le loyer, pour une petite villa, est de deux cents à mille roupies par mois.

Bombay possède un magnifique marché couvert, digne d'une capitale européenne. On a eu l'esprit pratique de reléguer dans un pavillon séparé le débit des viandes.

Dans le grand marché, on trouve les plus beaux fruits des tropiques, *pomelòs*, bananes, dattes, oranges, popaja, fruit à pain et une infinité d'autres dont j'oublie les noms.

Une partie du marché est réservée aux fleurs qui répandent un parfum délicieux.

Le marché est entouré d'un magnifique jardin, dans lequel on peut acheter des perroquets, des singes, des rats blancs et toutes sortes d'oiseaux des Indes à plumage rouge, jaune, noir et à bec de toutes les formes.

Un jeune singe coûte quatre roupies, un perroquet de nid, deux roupies, un perroquet de champ une demi roupie.

Le Vicariat de Bombay qui comprend le *Sinde,* est confié aux Pères jésuites allemands. Je rends visite à monseigneur Maurin, Vicaire apostolique, qui m'accueille avec bonté. Homme actif et intelligent, il a beaucoup développé sa mission en multipliant les bonnes œuvres. Il a maintenant vingt-sept conférences de Saint-Vincent de Paul dans son Vicariat, qui compte cinquante mille catholiques, dont trente mille à Bombay.

L'évêque a eu la bonté de me conduire, dans sa voiture, à la visite de plusieurs de ses établissements, et d'abord à un orphelinat tenu par les sœurs de Sainte-Croix de Belgique.

A côté de l'orphelinat, j'ai vu une trentaine de bébés soignés par des nourrices indiennes : ce sont les enfants trouvés. Les Conférences de saint Vincent de Paul, suivant l'exemple de leur patron, ont commencé cette œuvre et la soutiennent.

Les Sœurs ont cent vingt personnes dans leur établissement. Plus loin les Pères ont un orphelinat de deux cents garçons.

Leur collège de Saint-François Xavier, compte huit cents élèves.

Monseigneur Maurin, absorbé par les devoirs de sa charge, m'a confié à un Père Jésuite qui m'a conduit à *Bandora,* à une demi-heure de chemin de fer, pour y visiter deux autres orphelinats.

Celui des filles est confié aux Sœurs de Sainte-Croix; elles ont environ cent cinquante personnes divisées en plusieurs catégories.

C'est le soir, et la veille de Noël : les enfants avaient soupé de bonne heure et étaient allées se reposer, afin de pouvoir se lever pour la messe de minuit.

Les Sœurs arrangeaient la crèche : une petite négresse de douze à quinze ans les aidait.

Pendant que je causais avec la Mère Supérieure, cette enfant arrive avec sa tête hérissée de plumes de dinde. Elle récite un compliment à la Supérieure, en langue africaine; puis, sur ma demande, elle fait en anglais le récit des circonstances dans lesquelles elle a été volée :

« J'étais, dit-elle, avec ma mère, à la campagne, lorsque nous fûmes surprises par des hommes qui nous emmenèrent, et moi, je fus séparée de ma mère que je n'ai plus revue. Je me mis à pleurer, mais on me battit, et on continuait à me battre toutes les fois que je pleurais. Ces hommes étaient noirs comme nous, mais ils parlaient un langage différent du nôtre. On me conduisit, par étapes, dans un village où on me vendit à d'autres hommes ; le prix fut quelques aunes de coton. Ces hommes avaient déjà beaucoup d'autres gens volés. On posa sur les épaules de chacun une double branche de bois solidement liée; quelques-uns étaient ainsi attachés deux à deux pour empêcher leur fuite. Ces lourdes branches, en marchant, déchiraient la peau du cou, et faisaient des plaies douloureuses. Je déclarais que cette branche n'était pas nécessaire pour moi; que je marcherais volontiers sans elle; mais que je m'arrêterais, préférant mourir, si on me l'imposait. Après avoir marché un grand nombre de jours, nous arrivâmes à la mer et on nous mit sur un navire. Ce navire fut pris par les Anglais qui nous conduisirent à Bombay, d'où on m'a amenée dans cet orphelinat. »

La pauvre enfant avait l'air bien simple et bien bonne.

La Mère Supérieure me dit qu'en général les Sœurs étaient bien récompensées des soins qu'elles donnaient aux petites filles de l'Inde. Elles se conduisaient bien et leur donnaient plus de consolations qu'elles n'en trouvaient en Europe dans des établissements analogues.

Lorsqu'elles ont seize ou dix-huit ans, elles les marient; elles en placent ainsi une quinzaine par an, et elles sont fort recherchées à cause de leur savoir et de leurs vertus.

Le Père Supérieur de l'orphelinat des garçons était

là; il m'invite à assister à la messe de minuit dans sa chapelle et m'offre un gîte pour la nuit.

Je trouve à l'orphelinat cent vingt garçons occupés à divers métiers; la maison a un rez-de-chaussée et deux étages avec une seule salle par étage : celle du rez-de-chaussée sert de chapelle; au premier sont les classes, au plus haut le dortoir; les enfants couchent par terre enveloppés d'une couverture à la manière des Hindous.

Après la collation, je prends mon repos.

A minuit, je descends à la chapelle déjà occupée par les chrétiens indigènes accroupis à terre; les femmes sont habillées de blanc.

Au *Gloria*, que les élèves chantent en musique, les pétards partent de tous côtés, les cloches sonnent, c'est émouvant...

Après un sermon en langue hindoustane, auquel je ne comprends rien, je regagne mon lit et, le matin à six heures, j'assiste à la messe de communion. L'Eglise était encore pleine; mais cette fois le plus grand nombre étaient des familles européennes, ou eurasiennes. Beaucoup de négociants de Bombay habitent Bandora. Les femmes indiennes avaient chacune un ou deux bébés qui gesticulaient, gambadaient, criaient, et chantaient à leur manière les louanges du Seigneur.

A huit heures, après avoir admiré la belle forêt de cocotiers parsemée de villas, je reprends le train de Bombay, et dans l'après-midi je pars pour Poona.

La route que suit le chemin de fer est pittoresque.

On contourne une partie des *Ghauts*, montagnes à formes singulières, qui rappellent *le Mont Serrat*, en Catalogne; quelques-unes sont en pointes, d'autres carrées, et on les prendrait pour des forteresses; puis, après plusieurs tunnels, à un point donné, le train, tiré par une locomotive et poussé derrière par une autre, grimpe sur une branche de ces *Ghauts* jusqu'à la hauteur de deux mille huit cents pieds, par un plan fortement incliné.

La route longe presque continuellement des précipices.

A un certain point, pour éviter des développements et des courbes trop raides, le train revient sur ses pas en suivant une rampe en sens inverse comme dans les routes carrossables.

Sur le plateau à Khandalla, je me renseigne sur les moyens d'arriver aux Caves de Karli que je compte visiter le lendemain.

Le soir, à huit heures, j'étais à Poona où je logeais à l'hôtel *Aldric*, près de la gare.

Lundi 26 *décembre*. Poona, ancienne résidence du *Peishwa*, ou chef des *Mahrattas*, capitale du *Deccan*, est située dans une plaine à l'altitude de dix-huit cents pieds; c'est pourquoi son climat est toujours plus frais que celui de Bombay, et durant l'été elle devient le siège du gouvernement. Sa population est d'environ cent mille habitants.

C'est à Poona que naquit le fameux *Nana Sahib*, fils adoptif du dernier Peishwa. Celui-ci avait un palais dans chacun des sept quartiers de la ville, et les appelait des noms des jours de la semaine : palais du lundi, du mardi, du mercredi, etc.

De bon matin, je prends une voiture et un interprète, et je me rends sur la colline voisine visiter le célèbre temple de Parvati. Plusieurs dévots y font de la musique.

On me fait parcourir les divers temples de *Shiva*, de Wisknow, etc.

Partout des idoles en forme de bœufs ou d'éléphants, sur quoi je dis au prêtre : vos dieux ne marchent pas ; mais il me répond en anglais :

« Ils marcheraient si le Tout-Puissant l'ordonnait. »

Il semble donc que les Hindous ne voient dans leurs idoles que des symboles, comme nous dans nos images et statues, et que le Dieu auquel ils réservent leurs adorations est le Tout-Puissant.

A la fin le prêtre me dit :

« L'heure de la prière est venue pour moi, je dois vous quitter et je vais prier pour votre heureux voyage. »

Il voulait une offrande.

Je reprends :

« Votre prière est superflue, votre Dieu n'entend pas. »

Mais il riposte :

« Le Tout-Puissant, qui a créé le ciel et la terre entend la prière de tous les hommes, tous nous venons de Lui, nous allons à Lui, et serons jugés par Lui. »

Un chrétien n'aurait pas mieux dit.

Après avoir admiré la jolie vue qui s'étend sur la ville, sur la plaine et sur les *Ghauts*, je descends pour visiter, au pied de la colline, un joli jardin réservé aux *pic-niks;* les Anglais y trouvent un *bungalow*, garni de chaises et de tables, avec un gardien payé par le gouvernement.

J'ai voulu aussi visiter les établissements catholiques.

Les Pères Jésuites ont une paroisse et une école, avec cent quarante élèves; les Sœurs de Sainte-Croix cent vingt orphelines et soixante externes.

C'est le mois des vacances aux Indes; il reste peu d'élèves dans la maison. Je vois au réfectoire quantité de moineaux qui ramassent les miettes.

Parmi les Sœurs, il y a des Anglaises, des Françaises et des Irlandaises. La supérieure est une Espagnole.

Après avoir acheté quelques photographies, je me fais conduire au palais du gouvernement. Il est assez loin dans la campagne, entouré d'un beau jardin et confortablement disposé : grandes salles au rez-de-chaussée pour la réception, quelques chambres au premier et une haute tour.

A une heure, j'étais en route pour *Khandalla*, au sommet du *Bhore Ghaut;* et, à trois heures, j'en partais en voiture pour les Caves de *Karli*.

Ces Caves, ou temples taillés dans le roc, son fort nombreuses, dans le Sud. Je tenais à en voir une, et je savais que celle de Karli est la plus grande et une des plus belles.

Après une heure de voiture, le cocher me confie à deux guides du pays qui me conduisent à travers la plaine au pied de la montagne, et nous la grimpons à une hauteur d'environ deux cents mètres. Nous arrivons ainsi au pied d'un rocher, en pierre tendre et grise, s'élevant à pic, à la hauteur de plus de cent mètres.[1]

Le paysage rappelle celui de la Sainte-Baume en Provence, à l'exception de la forêt qui est remplacée ici par la jungle.

Dans ce rocher, on a taillé une véritable basilique à trois nefs ; à l'entrée, on voit des éléphants gigantesques découpés dans le roc ; l'intérieur a une longueur de cent vingt-sept pieds sur quarante-cinq et demi de larges ; la hauteur de la nef centrale est d'environ cinquante pieds ; elle est en voûte Les nefs latérales ont leur plafond plat à la hauteur de quarante-cinq piliers qui soutiennent la voûte centrale. Ces piliers sont carrés ; leur base est sculptée et chaque chapiteau est orné de deux éléphants et de deux figures humaines. Vers le fond, on voit une espèce de dôme massif qui doit être le sanctuaire.

Beaucoup de nos petites villes n'ont pas d'églises aussi belles.

On croit que l'époque de sa constructien remonte au temps de *Salivahana*, 78 ans, après Jésus-Christ.

A côté, on a taillé dans le roc de vastes salles autour desquelles s'ouvrent une quinzaine de cellules pour les solitaires; ces cellules ont environ trois mètres.

Les salles, entourées de cellules, sont superposées, à trois étages communiquant par un étroit escalier taillé dans le rocher.

De l'autre côté de la grotte, on voit aussi une salle entourée de cellules. On y a accès par un passage étroit et fort dangereux sur le précipice.

Près de la Grotte, on a creusé des citernes.

Une communauté, contemplative, chassée d'Europe, pourrait occuper de suite ce couvent d'un genre nouveau et qui remonte au berceau du Christianisme; elle n'aurait pas grand chose à changer.

En descendant la montagne, je jouis d'un panorama admirable : le soleil disparaissait derrière les pics des *Ghauts*, inondant encore une fois le paysage d'une lueur rougeâtre. Dans la plaine, les paysans qui battent les gerbes, quittent leur travaux et poussent devant eux le bœuf et l'âne pour entrer au village.

Je traverse la plaine avec deux Anglais venus de Lanoli, station la plus proche.

Il y a là, en ce moment, le camp des volontaires qui font l'exercice. Quelques-uns se proposent de chasser la nuit, au clair de la lune, le *cheetah* ou léopard, qu'on a vu hier près du cimetière.

Les environs abondent en tigres et en sangliers.

Mardi 27 décembre. Après avoir passé la nuit à Khandalla, je reviens le lendemain matin à Bombay.

Là, je visite un hôpital réservé aux indigènes; il est en style gothique : deux étages sur rez-de-chaussée, un étage pour la chirurgie, un pour les femmes, l'autre pour les hommes; je vois des corbeaux dans les lieux; partout propreté irréprochable, air abondant, soleil éloigné par des galeries.

Cet hôpital est dû à l'initiative d'un riche indien, qui a donné cent cinquante mille roupies pour sa construction. Plusieurs de ses compatriotes ont aussi fait un noble usage de leur fortune.

Sassoon, juif de Bombay, a construit, à ses frais, un hôpital genre allemand. Les diverses maladies sont séparées et occupent des maisons différentes, disséminées dans un jardin.

Un Parsi a créé une école, un autre un musée, et le gouvernement les a nommés baronnets.

Je me rends à l'école des beaux-arts, créée en partie aux frais des indigènes. On y forme de nombreux élèves; à côté se trouve l'école de céramique; les ouvriers assis par terre tournent la roue avec un morceau de bois, comme au Japon.

Après le déjeuner, je rends visite à monseigneur Maurin, qui me remet une dépêche venant de Baroda : Le *Gaekwar*, sur sa demande, m'admettait au nombre de ses hôtes durant la semaine des fêtes.

Je fais mon petit paquet, et le soir, je pars pour Baroda, où j'arriverai le lendemain matin.

Les fêtes du couronnement du roi Baroda (page 114)

(page 114)

CHAPITRE V

Fêtes à l'occasion du couronnement de Sa Majesté Maharaja Sivaji Rao Gaekwar Sena Khas Khel Shumsher Bahadur Fersand-i-Dowlat-i-Englishra, roi de Baroda. — Durbar d'investiture. — Le Camp. — Le Cheetah-hunt ou chasse au cerf par le Guépar. — Fête dans le parc. — Bal costumé. — Le sport. — L'exposition industrielle. — La bataille des bêtes féroces. — Le gouvernement des Anglais.

Baroda, mercredi 28 décembre 1881.

Ce matin, à huit heures et demie, dans un grand Durbar, Son Excellence, le baronnet Fergusson, gouverneur de Bombay, délégué par le vice-roi des Indes, a lu solennellement devant un millier d'invités le décret d'investiture de Son Altesse Maharaja Sivaji Rao Gaekwar Sena Khas Khel Shumsher Bahadur Fersand-i-Khas-i-Englishia.

Sous une vaste tente, le gouverneur, sur un trône d'argent, avait à sa droite le jeune prince, à sa gauche, M. Melwill, le régent anglais.

Les princes et les Grands, de l'Inde, dans leurs riches costumes indiens ruisselants de diamants et de pierreries, couverts d'étoffes d'or et d'argent, occupaient le côté droit; quelques-uns portaient aux doigts des pieds nus de riches bagues, et aux oreilles de longues rangées de perles.

Au côté gauche étaient les Européens en costumes civils et militaires.

Les dames indiennes et européennes se tenaient au fond, derrière de légères nattes transparentes.

On pouvait, par quelques points mal fermés, voir les riches parures que la reine-mère, la jeune reine, et les autres dames hindoues portaient au cou, aux nez, aux oreilles, aux bras, et aux pieds; on voyait aux doigts des pieds nus de riches brillants et aux chevilles de grands bracelets.

J'aperçois partout de vénérables figures de satrapes, de jeunes guerriers, de paisibles magistrats : c'est une apparition des Cours des Darius et des Xercès.

Après les discours de circonstance prononcés en anglais et traduits en mahratta, sont venus les dons : diamants, bijoux, riches étoffes du Cachemire portés sur des plateaux par des domestiques aux grands turbans rouges, bleus, blancs et dorés; puis, chacun des assistants a reçu un grand collier de fleurs : les couronnes de chrysanthèmes étaient entrelacées de fils d'or, et parfumées à l'essence de rose.

On a offert aussi la légendaire feuille de noix de bétel repliée dans une feuille d'or.

Des cypayes de plusieurs régiments, les uns à pied, les autres à cheval, étaient rangés dans toutes les rues et faisaient la haie pour permettre le passage des voitures; les musiques militaires, quoique composées d'Hindous, ont fait entendre de belles mélodies, et le *God save the Queen*.

On voit partout lumières, arcs de triomphe, guirlandes de fleurs et de verdure, et un demi-million d'Hindous, plus ou moins noirs ou bronzés, venus de toutes les parties de l'Inde.

Le chemin de fer ne leur coûte pas cher : en quatrième, ils payent un anna (2 sous 1/2) d'une gare à l'autre : il est vrai qu'ils sont souvent parqués dans des wagons à deux étages, mais ces wagons ont double toiture, abat-jour et vitres bleues pour atténuer les rayons du soleil.

A une heure, le Gouverneur a tenu *Levee* ou réception, et les invités sont allés dans sa tente s'incliner devant lui.

On a improvisé une ville de tentes en rase campagne pour les hôtes, et c'est d'une de ces tentes que je vous trace ces lignes à la hâte dans l'intervalle des fêtes.

Les tentes sont très confortables; elles sont grandes comme de vastes chambres et bien meublées : on y trouve cabinets et bains, et elles sont enfermées dans une seconde tente espacée d'un mètre et demi pour atténuer les effets du soleil.

Au *dinning room,* M. Kerchow, qui y est préposé, pourvoit chacun, avec une délicate attention, d'une nourriture saine et abondante, avec les meilleurs vins de Bordeaux, du Rhin et de Champagne ; des landaus sont à la disposition de tous les invités.

Le soir, à huit heures, le jeune roi a donné un grand dîner à son palais de Motibagh, situé à la campagne, à six kilomètres.

Deux cent quatre-vingts Européens étaient présents ; les Hindous n'étaient point là : leur religion leur défend de manger de la viande.

Après le dîner, le roi a porté un toast à la reine Victoria, Impératrice des Indes, et le Gouverneur un toast au nouveau roi ; on a aussi porté des toast à M. Melwile, au fidèle ministre Madhava Rao ; de part et d'autre on a dit de bonnes choses, et avec esprit.

Le dîner a été suivi d'un feu d'artifice dans le parc.

Les fêtes ont commencé, samedi 24 courant, par l'ouverture d'une exposition industrielle ; on y voit les divers produits de l'Etat de Baroda, au nombre de cinq mille objets, et on peut s'assurer combien les Hindous ont profité des leçons des Anglais ; en fait d'étoffes, ils se passent déjà de Manchester, et pour l'orfèvrerie, poterie, métallurgie, ils n'auront bientôt à demander que bien peu à l'Europe.

Le dimanche 25, Noël, repos. Les 26 et 27, courses

de chevaux et *lawn tennis*, deux exercices qu'on retrouve partout où il y a des Anglais. Aujourd'hui 28, solennité de l'investiture.

Il y a six ans, le jeune prince était encore un berger; son parent, Mulhao Rao, gouvernait mal ses Etats; il avait même tenté d'empoisonner le Résident anglais; il fut déposé et exilé, et le jeune pâtre, adopté par la reine-mère, fut appelé à lui succéder : il y a encore des David au dix-neuvième siècle! Depuis, il a reçu l'instruction et l'éducation la plus soignée, et son règne promet le bonheur du peuple.

Durant sa minorité, Madhava Rao, ministre habile et intelligent, aidé du Résident anglais, a mis ordre aux finances, et le trésor compte en ce moment un million de livres sterlings, toute dette soldée.

Il a bâti des écoles et des hôpitaux et organisé partout l'assistance publique; il a commencé les grands travaux publics; il est bon et simple; comme les princes du pays, il va pieds nus; il aime à s'instruire et lit beaucoup : on s'accorde à reconnaître en lui un homme supérieur.

M. Melwill, qui l'a puissamment aidé, a occupé des places importantes dans les diverses parties de l'Inde, et partout il s'est fait aimer pour son bon cœur, admirer par sa bravoure, estimer pour son bon sens.

Baroda, jeudi 29 décembre.

A quatre heures et demie du matin, le camp est en mouvement, chacun se prépare; à cinq heures, les voitures prennent les hôtes, et, une heure après, elles les déposent au palais de Makarpura, à dix kilomètres dans la campagne; de là, il faut gagner la jungle; les uns montent sur des chars à bœufs, c'est le char national : les magnifiques bœufs de ce pays trottent comme des chevaux; d'autres préfèrent le chameau; mais la plupart profitent des magnifiques chevaux anglais et australiens mis à leur disposition.

Les groupes s'ébranlent au moment où le soleil monte sur l'horizon et éclaire cette scène toute orientale.

On ne tarde pas à apercevoir çà et là des troupeaux de gazelles; cinq ou six chars, montés par des Hindous, portent chacun un *cheetah* ou guépar, espèce de léopard dressé à cette chasse; il est attaché par le cou et par les reins et porte un bandeau sur les yeux.

Au signe donné par le directeur de la chasse, un des cheetah est lancé : il saute du char, il s'oriente, et court sus aux gazelles; dans un instant, il a rejoint un beau cerf qu'il prend au cou et en suce le sang par la carotide.

On continue la route, et plus loin on lance un second cheetah : il court après deux gazelles, qui bondissent et semblent le gagner de vitesse ; mais bientôt le guépar s'arrête, il a vu que les gazelles n'ont pas de corne, ce sont des femelles ; lui, il n'attaque jamais que le mâle.

On marche encore et on lâche d'autres guépars ; mais, ils se refusent de marcher, ils sont effrayés par les chevaux, qui dévorent l'espace en tout sens dans la jungle comme dans les champs.

Après trois heures de course, on rentre à Makarpura avec un seul cerf, et pour moi, je n'en suis pas fâché, car j'ai trouvé cruelle cette manière, déjà connue des Romains, de prendre ainsi ces charmantes petites bêtes.

Après un déjeuner réconfortant dans les salles splendides, on a repris la route du camp.

Baroda, 29 décembre, après midi.

Aujourd'hui, c'est le gouverneur qui tient ***Durbar*** sous sa tente ; on a réuni les deux tentes contiguës, qui forment un vaste salon : les Grands de l'Inde arrivent et se placent à droite ; les Européens à gauche.

Un énorme éléphant porte les aides de camp du gouverneur ; ils vont à la rencontre du Gaekwar qui bientôt paraît monté, lui aussi, sur un éléphant colossal. La monstrueuse bête mesure au moins trois mètres de haut; sa tête, sa trompe et ses jambes sont peintes en rouge et en jaune; il porte sur le dos un baldaquin d'or orné de pierreries, et il est recouvert de riches étoffes d'or et d'argent.

Sous le baldaquin sont assis le roi, son fidèle ministre et ses aides de camp.

Des soldats Hindous avec de longues piques, des domestiques avec des étendards, et des musiciens précèdent et suivent; ceux-ci, la plupart à cheval, battent sur des tambours attachés à droite et à gauche sur leurs selles, d'autres font résonner de longues trompettes ou des cornemuses; c'est une harmonie sauvage, mais qui remue l'âme.

On remarque, dans le convoi, quatre canons de 12 : deux sont d'or massif, montés sur affût d'argent massif; les autres deux sont d'argent massif montés sur affût d'argent massif doublé d'or.

Il est difficile de donner une idée de l'originalité de cette procession; c'est si nouveau qu'on se croit transporté dans la région des rêves.

Après les discours de circonstance, la procession retourne dans le même ordre; les princes hindous s'en vont dans la ville, aux logements qui leur sont assignés, et les Européens dans leurs tentes.

Le soir, un grand bal costumé réunissait au palais de Nazar-Bagh, environ deux cents Européens; on voyait là de magnifiques costumes, et les danses ont continué avec animation toute la nuit, avant comme après le souper; mais excepté le Maharaja, ses ministres et quelques Parsis, les Hindous n'étaient point là; je n'ai donc rien de nouveau à vous apprendre sur cette partie de la fête, qui ressemble à ce que nous voyons en Europe.

Baroda, vendredi 30 décembre,

Un parc magnifique et très vaste aux abords de la ville était bien adapté aux réjouissances organisées pour le peuple. Elles ont commencé le matin et continué jusqu'à la nuit.

Je vous en donne l'énumération : danses mahratti et gujrati, prestidigitateurs, acrobates, escamoteurs, charmeurs de serpents, acrobates femmes, *doll-dances,* jeux de singes, danse des ours, danses et chansons locales, théâtre et représentations diverses, lutteurs, boxeurs, scènes comiques, musiques anglaises et hindoues, grande danse sur la corde et jeux divers sur la perche, ballons, exposition d'animaux et d'oiseaux, illuminations, lumière électrique, feux d'artifice.

Les lampes électriques ont éclairé tout le parc de six heures à minuit.

J'estime à cinq cent mille le nombre des badauds dispersés en groupes pour voir toutes ces belles choses : c'était une vraie fête populaire.

A trois heures a commencé la grande représentation de la danse sur la corde; une tente spéciale réunissait le prince et les invités; sur une corde tendue à la hauteur de dix mètres, un acrobate a passé et repassé avec aisance pendant que d'autres, au bout de perches hautes de douze mètres, faisaient le moulinet sur le ventre, sur le dos, et mille cabrioles.

Mais ce qui était plus beau que les représentations, c'était la vue de la foule.

Un canal traverse le parc ; son niveau est de six à sept mètres en contre-bas, avec deux grands talus : ces talus étaient littéralement tapissés de corps humains, accroupis sur leurs talons, sous un soleil brûlant (60 degrés centigrades) : les tamariniers séculaires étaient également pris d'assaut, et si bien garnis qu'on croyait y voir des grappes humaines.

Nous avons revu se promener dans le parc les huit à dix éléphants de la Cour, mais cette fois montés par le peuple, même celui du roi, qui m'a paru en cela sage et bon maître.

Le plus beau des éléphants de la Cour est mort l'an dernier : il était le plus gros et le plus vieux des éléphants de l'Inde.

Les gens de Baroda le croyaient vieux de 640 ans, mais évidemment ils exagèrent ; la Cour en a porté le deuil durant un an, comme du plus vieux et du plus fidèle de ses serviteurs.

A six heures, on s'est rendu au palais du roi pour assister à un *Tonjore Nauth,* danse de Tonjore.

Deux jeunes filles fort belles, le nez et les oreilles ornés de perles, portaient au cou des colliers de pièces d'or ; leurs bras nus étaient couverts de bracelets ; leurs pieds étaient nus et la jambe portait sur une étoffe des rangées de clochettes d'argent; le buste était couvert d'étoffes d'or et d'argent, mais le corps était nu depuis la taille jusqu'au dessous des reins; c'est le costume du pays.

Ce riche accoutrement était peu artistiquement arrangé.

Les danses étaient accompagnées d'une musique sauvage (page 117)

Les danses étaient accompagnées d'une musique sauvage : deux morceaux de métal battant l'un contre l'autre, de longues trompettes, le fifre, la cornemuse, et la voix monotone de quelques chanteurs et chanteuses.

Les danseuses ont eu quelques beaux mouvements

lorsqu'elles ont exécuté avec des bâtonnets une espèce de duel, et plus tard, lorsqu'elles ont dansé une espèce de tarentelle.

En rentrant au bungalow, nous avons vu la suite des chars, des voitures, des éléphants qui conduisaient chez le Maharaja les invités hindous, probablement pour un dîner.

Les hôtes européens, après leur repas, ont eu un bal au bungalow; c'est le nom qu'on donne ici aux maisons qui n'ont ordinairement qu'un rez-de-chaussée.

Comme je l'ai déjà dit, la construction ici est organisée de manière à établir partout des courants d'air; des portiques empêchent le soleil d'atteindre les murs, et les chambres du milieu ne sont éclairées que par de petites lucarnes aux verres bleus; même au cours de l'hiver, nous avons en ce moment de 30 à 35° centigrades à l'ombre durant le jour, mais les nuits sont fraîches.

Baroda, samedi 31 décembre.

La matinée a été occupée par le *sport;* l'Anglais, qui aime les exercices du corps, trouve que les courses de chevaux sont le plus amusant des exercices.

Dans quelques instants on ira visiter les trésors de la couronne; ils sont évalués à trois millions de livres sterlings (75 millions de francs); puis, après les visites d'adieux au roi et aux ministres, on se rendra à l'*Arena* pour la bataille des animaux; les éléphants sont enivrés avec du rhum et combattent entre eux jusqu'à briser leurs défenses ; on les arrête alors avec un anneau hérissé de pointes de fer.

On aura aussi la bataille des rhinocéros et d'autres batailles; puis, des tableaux vivants dans le *Gaiety théâtre;* mais comme je tiens à mettre au plus tôt cette lettre à la poste, et que je compte partir cette nuit, je ne pourrai vous parler de ces nouveaux genres de spectacles, et je finis ici par quelques réflexions.

Ce qui m'a le plus frappé dans toutes ces fêtes : c'est le bon ordre et l'esprit chrétien qui les anime; sur les arcs de triomphe, on voit des inscriptions comme celle-ci :

« *Heavens enlight our Guide.* — Que le Ciel éclaire notre Guide. »

Et voici la proclamation du roi :

Baroda, 28 décembre 1881

« Qu'il soit connu à tous ceux à qui il appartient,
» que nous avons pris aujourd'hui les rênes du gou-
» vernement de l'Etat de Baroda. Notre plus vif désir
» sera toujours celui de conserver et augmenter le
» bonheur de notre peuple. A cet effet nous comptons
» sur la sympathie et l'appui du gouvernement im-
» périal, et nous espérons la coopération loyale des
» divers officiers et dignitaires de l'Etat, et de tous

» nos sujets en général. *Nous invoquons la bénédic-*
» *tion du Tout-Puissant (Almighty), sur la carrière*
» *que nous avons commencée aujourd'hui.* »

L'Inde païenne serait-elle plus chrétienne que l'Europe?..

C'est la grande mission du peuple anglais de gouverner et de faire gouverner ce pays chrétiennement, et il faut reconnaître qu'en général il accomplit assez bien sa mission.

Il a fait cesser la barbare coutume de brûler les veuves vivantes avec le cadavre du mari, et a presque arrêté l'infanticide; les rois cruels et despotes ont été renvoyés, et le pays couvert d'hôpitaux, d'orphelinats et autres institutions chrétiennes.

Cette tâche est surtout l'œuvre des Congrégations catholiques, qui, venues ici de France, d'Allemagne, de Belgique et d'Italie, ont toute liberté d'exercer leur apostolat bienfaisant.

Je les ai vues partout à l'œuvre, dans le Bengale, dans l'Himalaya, dans la Rajpootana, comme dans les pays des Mahrattas; elles m'ont dit qu'elles sont aidées et encouragées par le gouvernement.

Pour ne parler que de monseigneur Maurin, évêque de Bombay, en vingt ans, il a couvert son immense diocèse d'écoles, d'orphelinats et de pensionnats de toutes sortes.

Dans plusieurs occasions, le gouvernement lui a fourni non seulement le terrain, mais encore des sommes d'argent considérables.

Dans chaque village, le gouvernement anglais paye

un médecin pour les soins du peuple ordinairement si pauvre. Les remèdes lui sont fournis gratuitement; les princes et les riches hindous suivent eux-mêmes le mouvement.

Plusieurs ont bâti à leur frais des hôpitaux et des écoles; d'autres ont ouvert des musées et des académies, et le gouvernement les a récompensés en les nommant baronnets.

Les ressources matérielles du pays ont été aussi grandement développées. Plus de dix mille milles de chemin de fer sont ouverts à la circulation (le mille anglais est de 1600 mètres), et pendant que l'industrie couvre le pays de manufactures pour la filature du coton, du jute, la préparation de l'indigo, etc., l'agriculture fournit des produits toujours plus abondants : sans parler du riz, le thé de l'Himalaya est le plus estimé de tous les thés, et le blé du Punjah commence à faire concurrence au blé russe et américain sur les marchés d'Europe.

Le peuple, qui compare la situation qui lui était faite par ses princes despotes, toujours en guerre, avec celle que lui fournit l'habile gouvernement de l'Angleterre, se trouve heureux sous celui-ci, et cela donne la clef du grand phénomène, qui consiste à voir une poignée d'Européens gouverner 252 millions d'un peuple étranger.

Les Européens de toute nationalité, y compris les soldats, les femmes et les enfants, ne dépassent pas 150,000 dans toute l'Inde.

Il est vrai que les hommes qui sont envoyés ici sont

bien triés, et sont en général ce que les Anglais appellent des *clever men,* hommes capables.

Un immense district sera confié à un *commissionner,* qui, avec un suppléant, doit recueillir les impôts, rendre la justice, se trouver présent aux foires et autres réunions populaires, rendre assistance aux voyageurs, etc.

Pour le même travail, notre bureaucratie emploierait au moins quarante individus avec 15,000 francs chacun. L'Anglais préfère donner 100,000 francs d'appointement à un seul homme capable et responsable, qui fera mieux la besogne.

Les deux extraits suivants vous donneront la note de la manière selon laquelle ces gouvernants pensent et agissent.

Le premier est du baronnet Fergusson, gouverneur de Bombay. Il y a deux jours, ici, au moment où il couronnait le jeune prince, il le félicitait de ce que les honneurs et la fortune fussent venus à lui, ce qui, avec la jeunesse et le bonheur domestique, semblait lui promettre une vie heureuse ; et il ajoutait :

« Je veux rappeler à Votre Grandeur que la durée » et la réalité de ce bonheur dépendront surtout de » votre appréciation concernant ses conditions et son » usage. Le temps est passé où les territoires et les » populations pouvaient être regardés par les puis- » sants souverains, uniquement comme les instru- » ments de leur gloire et de leur plaisir personnels. » Le trône lui-même de la Reine-impératrice, nos » fonctions à nous, ses serviteurs, les dynasties des

» princes du pays, ont un but plus élevé que la satis-
» faction personnelle. Les responsabilités qui s'atta-
» chent au pouvoir, le bien-être ou les souffrances
» des autres, qui dépendent si grandement de son
» exercice, sont bien faits pour opprimer le cœur de
» ceux auxquels sont confiés de tels moyens de bien
» et de mal. Heureusement il y a des récompenses
» au fidèle accomplissement des devoirs (lesquels
» sont continuels et vont en augmentant à mesure
» que la vie s'avance), et qui peuvent consoler dans
» les défaillances et dans l'accidentelle imperfection
» des efforts humains. Mais pour gagner ces récom-
» penses, il faut toujours avoir présent un but qui est
» au-dessus de sa propre satisfaction et même de la
» louange des hommes : le renoncement à ce qui
» peut porter tort aux autres ou diminuer notre pro-
» pre utilité : principe élevé, règle et guide indispen-
» sable pour garantir celui qui est élevé au-dessus de
» ses semblables contre les dangers qui assiégent les
» hautes situations. Tels puissent être les principes
» de Votre Grandeur! Puisse votre bonheur être
» grand, votre succès continuel et votre mémoire pré-
» cieuse! Il en sera ainsi, si vous poursuivez le bon-
» heur des autres plutôt que votre propre bonheur,
» car vous serez alors aimé aussi bien que respecté
» par vos sujets. Certainement la faveur impériale
» vous est assurée ; mais avant tout, vous devez être
» approuvé et soutenu par ce Pouvoir plus haut par
» lequel seul les rois règnent et les princes décrètent
» la justice »

Voici les paroles que le marquis de Ripon a prononcées, le 11 courant, à Calcutta, à la distribution des prix de *San-Xavier College :*

« Je désire profiter de cette occasion pour avertir
» ceux qui étudient dans cet Institut, que si nous in-
» terprétons le grand mot *éducation*, comme je viens
» de l'interpréter, nous devons tous avoir présent que
» l'éducation, ainsi comprise, le trousseau réel et
» achevé de l'homme, ne se complète pas avec le
» temps des écoles ou les études de l'Université.
» L'éducation, dans ce sens, est une chose qui ne
» finit, pour nous tous, qu'avec la vie. Mais il y a
» une différence entre l'éducation que vous recevez
» ici, et celle que vous conquerrez ensuite par vous-
» mêmes ; car ici on vous a fourni de bons maîtres,
» d'habiles professeurs et une saine méthode d'ensei-
» gnement ; mais quand vous serez sortis de ce
» collège, quand votre éducation se continuera
» ailleurs, alors vous serez entourés dans le monde
» par des ministres de toutes sortes, par les minis-
» tres du mal comme par ceux du bien, par les minis-
» tres de la vérité comme par ceux de l'erreur ; en
» sorte que, privés des guides que vous avez ici, il
» dépendra de vous de choisir entre ces maîtres. Car,
» dans cette longue éducation de la vie humaine, cha-
» que circonstance est en quelque sorte un maître,
» ainsi que chaque compagnon et chaque ami ; et
» alors il dépend de vous, confiant en Dieu et dans sa
» sainte direction, de décider, si vous voulez choisir
» la voie qui vous conduira au développement de

» votre nature intellectuelle et morale, ou bien si,
» entrant dans la voie large qui conduit à la perdition,
» vous voulez détruire le travail qui a été fait pour
» vous. Ici on a posé, je pense, un solide fondement;
» mais ce n'est qu'un fondement, et il dépendra de
» vous, en marchant à travers les épreuves de la vie,
» de décider si vous voulez bâtir sur ce fondement le
» magnifique édifice d'une vie pure et noble, ou bien
» si vous voulez laisser ses pierres nues, ou les cou-
» vrir avec la boue d'une existence abaissée. »

Des esprits chagrins ou jaloux trouveront peut-être que j'exagère ici le mérite des Anglais, et que je laisse de côté les points faibles. Je sais bien que la perfection n'est pas de ce monde ; mais pour moi, je trouve qu'il est préférable de laisser le mal de côté et de prendre pour son profit le bien partout où on peut le trouver. L'abeille ne cueille que le bon suc sur chaque fleur ; elle en bâtit sa cellule, et en forme son miel !

P. S. — Je reviens de l'*Arena,* et il me reste un quart d'heure pour tracer un petit compte-rendu de ce que j'y ai vu.

A l'un des bouts de la ville se trouve un enclos d'environ cent mètres de long sur cinquante de large, entouré de murs et de terrasses ; ces terrasses sont garnies de spectateurs entassés les uns sur les autres ; les toitures des maisons, les arbres sont couverts de curieux. A quatre heures et demie, le Maharaja arrive avec sa suite et prend place dans la loge où se trouvent les Européens; aussitôt la représentation commence :

I. Par les perroquets : les uns font tourner par le bec un long balancier, d'autres font des cabrioles, un troisième charge trois fois et tire un petit canon.

II. Puis viennent les lutteurs vêtus d'un simple caleçon; ils sont dix; ils se prennent deux à deux, corps à corps, et s'efforcent de se terrasser : quelques-uns réussissent à jeter dans la poussière leur adversaire, mais le difficile c'est de l'y maintenir. Cette représentation est fort émouvante et rappelle les lutteurs des Romains, mais elle est assez dangereuse pour les athlètes.

III. On amène des moutons aux cornes retroussées; ils sont lancés l'un contre l'autre et se donnent de terribles coups de tête, mais on les empêche de se frapper autrement qu'à la tête.

IV. On voit de jolis cerfs, dont deux conduisent une voiture; on apporte des coqs de bruyère, des perroquets et une infinité d'autres oiseaux, y compris le canari; le Maharaja renonce à ces sortes de batailles et renvoie en paix tout ce petit monde ailé.

V. Une paire de buffles entre en scène; ils se ruent l'un contre l'autre et se portent à la tête d'horribles coups de cornes; ils finissent par se déchirer le cou mutuellement et se couvrent de sang; alors on les sépare en les tirant par une corde solidement attachée à une jambe; leur entêtement est tel qu'il a fallu une trentaine d'hommes pour traîner un d'eux. Un second couple de buffles arrive et répète la scène du premier.

VI. C'est le tour des Rhinocéros. Deux de ces terribles bêtes, à cuirasse noire et au nez cornu, sont excitées l'une contre l'autre; on leur jette de l'eau et on les pousse à coups de lance; ils s'accostent, le nez dans la poussière, cherchant mutuellement à s'accrocher. Après plusieurs assauts terribles, on les sépare.

VII. Voici les éléphants. Ils arrivent les chaînes au pied, et trois jambes tenues par une corde. On les met en liberté et on les excite. Ils se rencontrent et semblent vouloir fraterniser; ils montrent ainsi plus de raison que les spectateurs. Mais on les pousse à coups de lance, et ils finissent par s'accoster avec les défenses et à se secouer fortement; l'un d'eux saisit son adversaire par le flanc et par derrière, et le pousse pendant un certain temps, mais on les sépare en les tirant par les jambes avec un cerceau hérissé de pointes à l'intérieur.

VIII. Un éléphant nouveau arrive : il doit poursuivre un homme à cheval. On le lance. Le cheval n'a pas envie de se rencontrer avec la grosse bête, le cavalier a de la peine à le tenir. Il manœuvre habilement autour de deux rotondes, et bien que, à deux reprises, la trompe de l'éléphant arrive jusqu'à la queue du cheval, il ne réussit pas à la saisir.

Certes tous ces jeux, connus de l'ancien monde païen, sont ici bien moins sanglants qu'ils ne l'étaient dans la Rome des Césars; mais ce sont quand même des exercices cruels, et la société protectrice des animaux aurait ici fort à faire.

L'Espagne, qui conserve l'usage barbare des jeux de taureaux, habitue le peuple au sang, et les guerres ne revêtent nulle part une cruauté sauvage comme dans ce pays.

Si le dix-neuvième siècle a pu voir en général des mœurs plus douces, il le doit à l'abolition des jeux cruels de l'Arène et des luttes dangereuses du Cirque.

Bientôt nous nous mettons à table (page 130)

CHAPITRE VI

Le navire le Singapore. — La mer des Indes. — La mer rouge. — La Mecque et ses pèlerinages. — Le canal de Suez. — Le retour.

Le 13 *décembre*, à onze heures du soir, je quittais Baroda dans le même compartiment que le Commandeur Mantegazza, docteur et sénateur italien que j'avais autrefois rencontré en Norwège.

Arrivé à Bombay, le matin du premier jour de l'an, je n'eus que le temps d'aller remercier et saluer l'Evêque. Il recevait des députations de chrétiens hindous, qui venaient de divers villages, lui souhaiter la bonne année.

Je prends mon bagage à l'*Esplanade hôtel* et cours sur le quai. Le petit vapeur, qui embarque les voyageurs et leurs effets, l'avait déjà quitté; je loue un bateau, je presse mes hommes et j'arrive sur le *Singapore,* au moment où il levait l'ancre.

Le *Singapore*, beau navire de la Compagnie Rubattino, a 126 mètres de long, 13^{m},27 de large et 12 de haut, il porte 5,000 tonnes; la machine de la force de 500 chevaux, fait mouvoir l'hélice si doucement qu'on ne l'entend presque pas; mais les cabines sont petites, et les lits microscopiques.

M. Mantegazza et son compagnon le commandeur Michela, qui étaient venus de Gênes avec ce bateau, m'avaient recommandé au capitaine : je trouvai donc bon accueil auprès de lui et des autres officiers.

Bientôt nous nous mettons à table et nous voyons que le nombre des passagers de première classe n'est pas grand : dix à une table, huit à l'autre; à celle-ci huit voyageurs représentent huit nationalités : un Français, un Allemand, un Hollandais, un Anglais, un Persan, un Irlandais, un Portugais, un Italien. On parle tantôt l'une tantôt l'autre de ces langues, excepté le persan.

C'est la table des hommes : elle est la plus gaie, on y rit constamment.

Le jour, la chaleur est extrême, on joue au *bull,* an chante, on lit, on écrit. Le soir, on fait de la musique, on danse, on boit les bouteilles perdues au *bull*, on invente toujours quelques jeux nouveaux.

Les officiers s'unissent aux passagers pour augmenter la joie; ils chantent les beaux chœurs des gondoliers de Venise. Il n'y a, en eux, ni la raideur des officiers anglais, ni l'étiquette des officiers français; ils forment une famille.

Au bout de sept jours, nous sommes en vue d'Aden, mais nous continuons notre route; le navire a son plein chargement : 5,000 tonnes.

En évitant Aden, nous espérons échapper à la quarantaine à Suez.

Tous les jours, nous rencontrons quelque *steamer*. Sur la mer Rouge, nous en croisons à chaque instant.

Les poissons volants viennent, de temps en temps, se faire prendre sur le pont.

Un jour, on dut arrêter la machine; deux petits poissons, espèce d'éponge, avaient pénétré dans les tubes qui plongent dans la mer et gênaient le mouvement.

Sur le pont, je trouvais plus de perroquets que de passagers.

Cinquante Indiens, marins de la Péninsulaire, sont conduits à Malte, où ils trouveront leur navire.

Nous passons devant l'île de Périm, que les Anglais nous ont habilement enlevée. Le commandant français, qui devait en prendre possession, eut la maladresse de le dire à Aden; les autorités anglaises de cette ville le retinrent à dîner et, pendant que notre homme buvait le champagne, elles envoyaient un de leurs navires planter le drapeau sur l'île. Le lendemain, lorsque le capitaine français arriva, il était trop tard.

Nous longeons les côtes de l'Arabie ; partout des montagnes aux cimes crénelées.

Plus loin, nous trouvons à l'île de ***Gabelsokar*** deux grands *steamers* échoués. C'est le ***Penguin***, appartenant à ***John Vhite***, naufragé en février 1870, et le ***Duke of Lancaster*** de la ***Eastern Steam C***[ny], échoué en 1880 durant une nuit obscure et pluvieuse.

La mer Rouge privée presque partout de phares, avec un grand nombre de rochers sous eaux, rend très fréquents les naufrages.

Après avoir sauvé les passagers et une partie de la cargaison, les deux navires ont été vendus, un 100 roupies, l'autre 1,000 roupies.

Voici ***Moka***, le pays du café, sur la côte arabique.

Situé dans une plaine qui s'avance dans la mer ; ses blanches maisons couronnées de terrasses et ses minarets sont d'un bel effet.

Nous avons demandé à deux navires si la quarantaine est encore à Suez. Il est curieux de voir ainsi parler à distance, moyennant des chiffons de diverses couleurs.

Les navires, allant en sens inverse, s'éloignent si rapidement qu'on n'a pu bien saisir les signaux.

La chaleur va en augmentant : 40 à 50 centigrades à l'ombre ; on se fond en transpiration.

A bord du Singapore. Port-Saïd
16 janvier 1882.

Le 13 janvier nous arrivions à Suez.

Nous voici en Egypte, mais impossible de débarquer.

Tout navire qui vient des Indes ou de la mer Rouge, ou qui a simplement touché un port de ces mers, est mis en quarantaine à son arrivée à Suez; les passagers ne peuvent communiquer avec le port; un soldat de garde monte à bord et demeure sur le navire durant la traversée du canal jusqu'à ce qu'il ait quitté Port-Saïd.

Il est superflu de dire combien cette situation est dure pour ceux qui ont des affaires ou des amis en Egypte; ils sont obligés de venir en Europe pour s'y embarquer de nouveau, et retourner au pays d'où ils sont venus.

Or, par cette froide saison, une double traversée de la Méditerranée, n'est pas une partie de plaisir; ajoutez à cela la perte de temps et d'argent et vous ne serez pas étonné si, à bord des nombreux navires qui arrivent tous les jours à Suez, vous entendez des imprécations contre l'Egypte, la Mecque, la Commission, le choléra et je ne sais quoi d'autre encore; car ordinairement, on ne sait à qui s'en prendre.

Le consul général de Perse, à Smyrne, est en même temps consul pour les ports de la mer Rouge.

Selon sa coutume, il se rendit cette année à son poste au port de Jedda, d'où il passa à la Mecque pour y être présent aux jours des sacrifices.

Au retour, il prit passage pour Aden, où il pensait monter sur un *steamer* qui devait le ramener à Smyrne. Mais à Aden, aucun passager ne fut autorisé à débarquer, et il dut suivre sa route jusqu'au golfe Persique où il trouva un navire pour Bombay.

Là, il prit passage, avec moi, sur le *Singapore,* avec l'intention de débarquer à Port-Saïd, pour y prendre le navire des Messageries qui va à Smyrne; mais ici, il eut le même sort qu'à Aden, et il a été repoussé.

Il doit donc continuer sa route jusqu'à Naples pour revenir ensuite en Orient.

Un Allemand, entrepreneur de voyages, ne peut descendre pour prendre la direction d'une caravane qui lui arrive d'Allemagne, et qu'il doit conduire à la visite de l'Egypte, de la Palestine, et en Syrie.

Il est obligé de se rendre à Messine, d'où il passera à Brindisi prendre le navire anglais qui le ramènera à Alexandrie.

Un témoin oculaire, me donne des détails sur ce qui se passe à la Mecque.

Tous les ans, vers la onzième lune, de cinquante à cent mille pèlerins mahométans arrivent à la ville sainte. Ils viennent de Turquie, de Perse, d'Algérie, des Indes, de Java et même de Chine.

Il est prescrit à tout croyant de faire ce pèlerinage au moins une fois dans la vie, s'il peut réunir les moyens suffisants.

La plupart des pèlerins viennent par mer entassés sur des navires plus ou moins propres. Trois caravanes suivent la voie de terre et partent de Damas, du Caire et de Perse, pour un voyage qui varie de quarante-cinq à soixante jours.

Jedda est, dans la mer Rouge, le port le plus près de la Mecque; il n'en est éloigné que de quatorze lieues. C'est à ce port qu'arrivent les navires chargés de pèlerins, et cette ville, qui compte à peine vingt mille habitants, doit loger pendant plusieurs semaines une population cinq fois plus nombreuse.

Les pèlerins sont entassés dans des chambres, sans air suffisant, et sans aucune précaution pour l'hygiène.

La ville n'ayant point d'égout, les résidus des maisons sont jetés dans des trous ouverts au soleil ; l'air est bientôt vicié.

Ajoutez à cela que la plupart des pèlerins sont vieux et infirmes ; ce n'est qu'au déclin de la vie et à la suite de privations, qu'ils ont pu amasser le montant des frais du voyage. Ils sont donc peu aptes à résister à tant d'épreuves et bientôt deviennent la proie du choléra.

De Jedda, les pèlerins arrivent à la Mecque : même situation, quoique la ville soit un peu plus grande (35,000 habitants). De la Mecque, ils vont à *Ména*, à une lieue et demie dans la campagne.

C'est là, d'après les Mahométans, qu'Abraham aurait résolu d'immoler son fils pour obéir au Seigneur, et c'est là qu'ils doivent offrir leur sacrifice. Des sacrifices ont lieu pendant trois jours.

Tout pèlerin, à l'exception des pauvres Arabes des environs, doit offrir au moins un mouton, et un mouton en plus pour l'expiation de chaque péché commis durant le temps du pèlerinage : ce temps compte du jour où, arrivés à cinq ou six étapes de la Ville Sainte, les pèlerins revêtent leur robe blanche.

Se fâcher, ou simplement commander, durant ce temps, sont autant de péchés qu'il faut expier par autant de sacrifices. Des pèlerins riches les multiplient à l'infini.

Cette année, un Indien a sacrifié vingt-deux chameaux.

Imaginez ainsi le nombre des bêtes qui sont tuées durant ces trois jours, et dont les chairs demeurent exposées aux rayons du soleil brûlant d'Arabie!

Anciennement, toutes ces chairs pourrissaient sur place; il en résultait, tous les ans, l'épidémie cholérique que les pèlerins emportaient aux quatre coins du globe.

Il y a quelques années, l'Europe s'est émue; des voyageurs ont signalé la cause du mal et on a institué une Commission sanitaire internationale qui a son siège à Constantinople et en Egypte.

Cette Commission a décrété certaines mesures hygiéniques qui doivent être remplies à la Mecque durant le pèlerinage :

Les chairs doivent être enterrées et le Sultan paye,

tous les ans, mille livres turques (23,000 francs) pour la propreté de la ville.

Chaque pèlerin, en débarquant à Jedda, doit donner une roupie (2 fr. 20) pour les frais sanitaires.

Il est défendu aux Chrétiens d'approcher à plus de sept à huit lieues de la Mecque. Il manque donc un

Un pèlerin de la Mecque (page 137)

contrôle sérieux pour savoir si les mesures décrétées par la Commission sanitaire, sont observées.

On sait, cependant, qu'une partie de l'argent perçu des pèlerins, dont le montant varie de 100 à 150 mille francs l'an, est absorbé par les appointements des employés sanitaires de Jedda; le surplus est envoyé à Constantinople.

Quant aux mille livres allouées par la *Porte*, elles sont employées, en grande partie, au nettoyage des rues de la Mecque; et, ce qui reste suffit à peine à payer quelques hommes pour enterrer, en trois jours, les corps de centaines de mille bêtes; les quelques puits creusés à l'avance sont bientôt pleins; la chaux manque, et le plus souvent les sacrifices se font loin des puits. La plupart des bêtes pourrissent donc à l'air libre, ou bien on met dessus un peu de terre pour dire qu'elles sont enterrées.

Comme anciennement, le choléra se produit encore presque tous les ans, et la Commission sanitaire, pour préserver l'Europe, met en quarantaine, en Egypte, les navires qui viennent de la mer Rouge.

Comment l'Europe peut ainsi être préservée, on n'en sait rien, puisque ces même navires qui sont considérés comme pestiférés en Egypte, entrent dans tous les ports de l'Europe, et y débarquent librement les passagers et les marchandises.

Quant aux pèlerins, ils sont relégués durant des mois sur la plage brûlante, sans pouvoir partir, et ceux qui résistent au choléra meurent de faim ou de soif.

N'ayant rien de mieux à faire, ils viennent de se battre, ces jours derniers, avec les troupes turques.

Etant donnée cette situation, il semble que pour couper le mal à la racine, il n'y aurait qu'à prendre les mesures nécessaires pour assurer la pleine exécution des décisions de la Commission sanitaire. Une délégation devrait résider à Jedda et une à la Mecque, pour veiller à l'enfouissement des chairs des animaux dans des puits profonds creusés à l'avance en quantité suffisante, et avec assez de chaux pour éteindre les miasmes.

On pourrait objecter les préjugés musulmans, qui ne veulent tolérer aucun chrétien à la Mecque ; mais les pèlerins musulmans sont les premiers intéressés dans la question, et s'ils ne sont pas tous assez intelligents pour connaître leurs intérêts, leurs chefs le comprennent et peuvent le leur faire comprendre.

Au besoin, on pourrait choisir pour la Mecque, une Commission composée de Musulmans intelligents et sérieux.

Si ce projet devait échouer, il serait préférable, pour le bien de l'humanité, de supprimer le pèlerinage de la Mecque, que de le laisser se renouveler dans les conditions actuelles avec la perte, tous les ans, de tant de vies humaines et de tant d'intérêts lésés. Il suffirait, pour cela, que chaque nation qui a des Musulmans sous sa domination, prît les mesures nécessaires pour empêcher les embarquements des pèlerins.

Au besoin, un navire de guerre, dans la mer Rouge, suffirait à assurer l'exécution de la mesure.

Quant aux pèlerinages par terre, chaque caravane ne dépasse pas le chiffre de mille pèlerins ; réduit à ces proportions, le pèlerinage serait moins dangereux.

Chaque nation a ses consuls, ses ambassadeurs, ses ministres qui doivent veiller au bien général. C'est donc à eux de prendre les moyens pour mettre fin, une fois pour toutes, à un mal qui se renouvelle sans cesse, dont tout le monde souffre, et qui devient intolérable.

Afin d'éviter la quarantaine, nous n'avions pas touché à Aden, où j'aurais voulu acheter une peau de lion; vain espoir!

Durant la traversée, mer relativement calme et chaleur insupportable.

Dans la mer Rouge, devant Jedda, nous avons manqué mourir de chaleur. Impossible de dormir sur le pont : la rosée était abondante et dangereuse.

Devant *Yembo,* port d'où l'on va, dans trois jours, à Médina, où le prophète est né, le vent du Nord est arrivé, et la température à baissé tout à coup.

En face de *Torr,* port d'où l'on part pour le Sinaï et l'Horeb (7,000 pieds), et le couvent grec de Sainte-Catherine (8,000 pieds), il a fallu mettre le pardessus.

A Suez souffle un vent très froid.

Impossible d'obtenir mes lettres, impossible de les avoir aussi à Ismaïlia; alors je me suis fâché, et on a expédié l'agent de la Compagnie à la poste d'où il a rapporté, avec mes lettres, des nouvelles d'Europe impatiemment attendues.

Si vous eussiez été au Caire, je me serais sauvé à la nage, la nuit, pour aller vous rejoindre. Le soldat égyptien qu'on nous a mis de garde, s'endort la nuit.

On nous monte les lettres, par une ficelle, dans un petit sac; les nôtres sont posées dans un récipient en fer-blanc et parfumées, et cependant nous n'avons aucun malade à bord, excepté le fils du Capitaine, qui a pris un coup d'air.

Nous trouvons ici vingt-quatre *steamers*. La Méditerranée a été si méchante, ces jours derniers, que plusieurs navires se sont réfugiés à Port-Saïd, et y attendent, depuis quelques jours, le retour du calme.

Hier, deux ont voulu quitter le port, mais ont dû y rentrer. Nous voyons les vagues se briser furieuses, et dans une heure nous irons les affronter.

Ce matin, les Messageries et d'autres navires, les ont abordées avant nous.

C'est long, vingt-deux jours de mer!

A bord du Singapore, en vue de la Grèce,
19 Janvier 1882.

C'est le *lundi* 16 *janvier*, que nous avons quitté Port-Saïd. La mer était en carnaval : elle dansait et nous faisait danser; mais nous tenions debout.

Le 17, même temps, pluie, vent et danse; plusieurs *steamers* à l'horizon.

Dans la nuit du 17 au 18, le navire semble vouloir se briser par la violence des vagues, mais le 18, au matin, le calme revient.

Nous longeons l'île de Candie ou Crête, et nous sommes à l'abri derrière ses pics neigeux. La longueur de l'île est de cent quarante milles; nous espérons avoir le calme jusqu'à dix heures du soir.

Vers cinq heures, nous traversons un golfe : c'est l'île qui fait un demi-cercle.

A table, les planchettes indiquent que les plats et les bouteilles ne sont pas en sûreté; la moitié des passagers sont absents, les autres disparaissent à mesure que les plats arrivent.

A sept heures, le calme revient; à huit heures le vent souffle plus fort et pousse les sifflements habituels au mistral. Les vagues arrivent sur le pont et inondent les rares promeneurs.

A neuf heures, je me mets au lit; à dix heures on passe l'île de Crête; la tempête est majestueuse et dure jusqu'à trois heures du matin.

Le bateau balancé, soulevé, craquait comme quelqu'un qui souffre et se plaint. De temps en temps, le bruit de bouteilles cassées, de vaisselles renversées, de malles traînées. La plupart des voyageurs semblent croire leur dernière heure venue. Deux chiens, appartenant à une Anglaise, ajoutent, au bouleversement général, leurs hurlements plaintifs.

Les cinquante Hindous et nègres qui sont sur le pont, inondés par les vagues, grelottants de froid, finissent par se réfugier, en criant, dans la machine.

Vers le matin, la mer se calme; on attend avec impatience le jour : on se lève, on se cherche, on s'interroge.

Les officiers sont les premiers à raconter les péripéties de la nuit. Les deux qui étaient de service sur la dunette, ont failli être enlevés par les vagues et ont bien grelotté sous leurs vêtements mouillés.

Un d'eux est venu réveiller le capitaine et a été jeté de tribord à bâbord par une vague furieuse; cette vague a brisé un banc et enlevé le plomb de trois marches.

Une lame enlève une embarcation et la jette à bord toute brisée. Un officier ouvre la porte de sa cabine pour voir ce qui vient d'arriver, et aussitôt l'eau y pénètre jusqu'à la hauteur d'un mètre. Il ne parvient pas même à sauver ses bottes.

Les vagues battaient en plein sur le flanc du navire; le capitaine fit tourner la proue au Nord pour les prendre en travers.

Enfin, le jour nous amène un soleil resplendissant; le vent reste frais, mais paisible.

Nous sommes en face du cap Matapan, en Morée.

Les Dames reparaissent peu à peu ; elles sont heureuses de se trouver debout, mais leur pâleur indique les émotions et la souffrance.

Voici le cap Saint-Ange. Un officier nous dit qu'il y a là un ermitage très ancien ; les marins envoient à l'ermite des provisions ; il est très vieux ; les Grecs croient qu'il a trois cents ans.

Bientôt le mont Ossa nous montre sa cime à deux pointes chargées de neige : nous sommes à l'embouchure de l'Adriatique.

Pour nous distraire, nous faisons quelques parties de *bull*, gagnons ou perdons quelques bouteilles de Marsala, et décidons qu'au lieu de boire le vin, on en déposera le prix dans le tronc des marins pauvres.

A midi, on apporte le tableau des indications. On est à longitude Est, 21° 5' ; latitude Nord, 36° 2' et la distance parcourue dans les vingt-quatre heures, a été deux cent dix-neuf milles.

Il nous reste cinq degrés pour atteindre Messine, c'est-à-dire deux cent quatre-vingt-dix milles. Nous espérons y arriver demain soir, et là nous pourrons débarquer pour quelques heures.

J'en profiterai pour vous envoyer un télégramme qui vous dira que je vis et que je me rapproche de vous.

En mer samedi, 21 janvier 1882.

Hier vers onze heures, nous apercevions la cime de l'Etna blanche de neige et jetant au Ciel son épaisse fumée.

Hurrah! Voilà la terre, fut le cri général, et on saute, on danse, on chante de joie toute la journée.

Vers trois heures, nous passons devant ***Mileto,*** où débarqua Garibaldi avant Aspromonte; et à partir de ce point nous rasons les côtes de la Calabre.

Les villages suspendus aux rochers, les baies, les ponts du chemin de fer qui longe la mer, forment un tableau des plus pittoresques. Il est nuit close quand nous passons devant Reggio. Nous pouvons distinguer aux lignes des reverbères à gaz, les quais et les rues, puis à huit heures, nous entrons dans le port de Messine.

Aussitôt que le Docteur du bord revient avec la permission de débarquer, je vais à terre et cours au télégraphe.

Après une excursion en ville, j'entre dans un café

et je lis dans un journal une dépêche annonçant la mort de M. Malausséna, notre ancien maire. Paix à son âme !

A dix heures du soir, je reviens au navire et ce matin, à dix heures, je retourne à terre pour prendre de l'argent à la Banque.

A midi, je me retrouve à bord. Des musiciens jouent du violon et de la guitare; officiers et passagers dansent joyeux. A midi et demi, nous sommes en route.

La côte est toujours sous nos yeux. A droite le terrible Scylla, à gauche Charybde, puis les villages et les villes. Au loin le mont Stromboli qui envoie, dans les nues, sa fumée volcanique, et plus loin encore le mont *Volcan* qui brûle sans cesse; puis les îles Eoliennes.

La mer est calme comme au mois d'août, le soleil assez fort pour réclamer l'ombrelle.

Trois Français sont montés à bord à Messine : l'un d'eux est venu pour acheter du vin, et il a trouvé ici les prix plus élevés qu'en France.

La France et l'Espagne ont eu une bonne récolte; ici récolte moyenne. Pour suppléer à la quantité, on a ajouté de l'eau et gâté ainsi la qualité.

La cloche sonne le dîner; demain matin à six heures, nous espérons être à Naples.

Naples, Dimanche 22 janvier 1882.

Elle est belle, vue de la mer, la ville de Naples, avec son Vésuve et ses îles.

A peine débarqués on nous conduit à la douane. N'ayant qu'à transiter, je demande à faire plomber mes bagages, mais on refuse et on veut les visiter. On me taxe 71 francs pour 300 grammes de tabac.

Déjà à Messine, la Banque m'avait indiqué un taux de change qui n'était pas le vrai; je me demande si bien réellement, j'aborde aux pays civilisés! Dans les pays réputés sauvages, je n'avais souffert aucun tort, couru aucun danger.

C'est le Carnaval; on voit, par-ci par-là, des *Lazzaroni* déguisés, mais plus sales les uns que les autres. Je visite quelques amis, parcours la promenade de *Chiaia* et me rends au chemin de fer.

Rome, 23 janvier 1882.

Si j'ai accusé la douane de Naples, il est juste que je fasse réparation.

J'ai réclamé à Rome, au Ministère des finances, avec témoignage constatant que j'avais demandé le plombage, et la presque totalité de l'argent perçu m'a été rendu.

Le matin j'étais à Saint-Pierre, dans cette Basilique, témoin de tant d'émotion de ma vie. Inutile de dire que j'ai bien remercié la divine Providence pour l'heureux voyage que je viens d'accomplir sans accidents sérieux, sans un jour de maladie.

Vers onze heures, je monte au Vatican, chez le Saint-Père, que je veux remercier de la Croix de

Saint-Sylvestre qu'il avait daigné m'envoyer. Un ami me vaut une audience immédiate. Léon XIII m'accueille avec une bonté paternelle et me bénit.

Que le monde est petit quand on l'a parcouru ! Mais qu'il est beau de voir les merveilles de la création ; qu'il est intéressant d'étudier sur place les différentes branches de la famille humaine ! Combien on admire la Bonté du Crétateur qui pourvoit au bien de chacun ! Combien on demeure convaincu que, malgré la variété résultant des races et des climats, les hommes sont une seule et même famille.

NOTES SUR L'HINDOUSTAN

Au moment où l'Inde, comme tous les pays ouverts au commerce et à la civilisation, tend à perdre son caractère primitif, il nous paraît intéressant de rappeler, en quelques pages, ce que fut autrefois cette riche contrée.

L'Inde est un des pays les plus anciennement cultivés et civilisés. Nulle part, sur le globe, les hommes n'ont trouvé dans leurs mains des aliments plus abondants, plus sains, plus facilement préparés que sur le bord du Gange.

Le commerce des peuples de l'Asie occidentale remonte aux siècles les plus reculés; les livres de Moïse parlent déjà des bois d'aloès et d'ébène, de la cannelle et des pierres précieuses de l'Inde, dont on ignorait encore le nom. Plus tard, nous voyons les Phéniciens, les Egyptiens, les Grecs, les Romains chercher sur les côtes du Malabar ces étoffes légères, ces matières colorantes, l'indigo, les gommes-laques, les ouvrages en ivoire et en nacre de perles, que ce pays exporte encore. Ce commerce suppose nécessairement que plusieurs nations indiennes avaient atteint un certain degré de civilisation ; par conséquent, elles ont dû exister en société politique quelques siècles avant que l'invasion d'Alexandre les mît en communication régulière et continuelle avec le reste du monde.

La preuve historique de la haute antiquité de la civilisation indienne, c'est l'identité du système religieux et politique des Indiens aux siècles d'Alexandre et des Ptolémées, avec celui que nous offre l'Hindoustan moderne. La division par castes, et la rigoureuse séparation de ces castes, existaient déjà. Les circonstances les plus extraordinaires prouvent que l'ensemble des superstitions hindoues avait déjà cours au siècle d'Alexandre. Les Macédoniens y trouvèrent toutes les espèces de *fakirs*, ou religieux, qui ont frappé les voyageurs de notre siècle. Les uns, vivant dans les forêts, s'y nourrissaient de racines, se couvraient de l'écorce des arbres ; les autres colportaient des amulettes, des remèdes miraculeux, faisaient danser des serpents ou disaient la bonne aventure.

L'usage qui condamne les veuves à s'immoler sur le tombeau de leurs époux, ainsi que l'emploi des anneaux d'ivoire, des parasols et des babouches de cuir blanc, distinguaient les Indiens avant le commencement de l'ère vulgaire.

Les institutions religieuses et politiques de l'Hindoustan moderne paraissent avoir existé, quant à leur essence, un millier d'années avant Jésus-Christ. Elles avaient déjà donné naissance à de nombreux abus, à des superstitions extravagantes; mais dans la grossièreté même des emblèmes allégoriques sous lesquels on désignait les attributs des divinités, la religion indienne portait avec elle la preuve incontestable d'une origine très reculée.

Les Hindous sont, en général, susceptibles de participer à tous les bienfaits de la civilisation. Ils sont encore, comme dans l'antiquité, divisés en quatre castes. Chacune de ces castes a des privilèges, des fonctions et des lois particulières; plus la caste est élevée, plus les restrictions sont multipliées et les prérogatives honorables; la quatrième caste a le moins de lois à suivre, mais aussi elle a peu de considération et de droits. Chacun reste dans la caste où il est né et en pratique les devoirs, sans jamais pouvoir s'élever à une caste supérieure, quels que soient son mérite et son génie. Les peines les plus cruelles attendent celui qui voudrait ce soustraire même aux règles les plus absurdes de sa caste. L'Hindou sacrifie apathiquement sa santé et sa vie même à ce point d'honneur.

La caste la plus noble est celle des *brahmanes*, c'est-à-dire des prêtres, des savants, des jurisconsultes et des fonctionnaires. Ils portent des vêtements d'une forme particulière, s'abstiennent de toute nourriture animale, à l'exception de celle qui est offerte dans les sacrifices, et jouissent de grands privilèges : ils ne subissent jamais de punitions corporelles; ils lisent et expliquent les livres saints; ils sont les seuls conseillers des princes. Il y a des brahmanes qui se consacrent au culte de Vichnou, d'autres qui adorent exclusivement le dieu Chiva. Ils sont divisés en diverses classes qu'ils peuvent parcourir depuis l'enfance jusqu'à la vieillesse. Les uns habitent la solitude et se livrent à la contemplation; d'autres, parvenus à une sainteté parfaite, ne vivent que d'aumônes.

La seconde classe est celle des *kahatrias* qui se regardent comme les descendants des anciens rois indiens; c'est dans cette classe que doivent être nés tous les princes et grands vassaux, à moins qu'ils ne soient de la première. Tous sont destinés à l'état militaire : ils naissent soldats. Ils jouissent de grands privilèges dont le premier est de pouvoir aspirer au trône. On y donne, en général, le titre de *rajah* à tous les chefs ou seigneurs.

La troisième caste : celle des *vessias*, comprend les agriculteurs, les jardiniers, les individus qui s'occupent de l'éducation du bétail, de la vente des productions de la terre ou des objets manufacturés; son privilège est l'exemption des charges militaires.

La quatrième caste comprend les *soudras*, c'est-à-dire les artisans et les ouvriers; elle est subdivisée en un grand nombre de maîtrises ou compagnies.

Au-dessous, sont encore les *parias* que les Hindous ont rejetés de leur société, et qui se livrent aux occupations les plus abjectes.

La constitution des Hindous est basée sur le brahmanisme, religion qui admet l'existence d'une triple divinité, *Brahma*, *Vichnou* et *Chiva* ou *Siva*, d'une foule de divinités inférieures, préposées au gouvernement du monde, ainsi que d'esprits bons et méchants. Les Hindous croient à l'immortalité de l'âme, à la métempsycose, à la purification des âmes par les pénitences, les abstinences volontaires et les pratiques religieuses.

Le culte brahmanique est accompagné d'un grand nombre de cérémonies et de coutumes solennelles. Il y en a d'horribles, telles que la procession du dieu Djaggernath, dont le char pesant écrase sous ses roues les fanatiques qui, en s'y précipitant, croient trouver à la fois la mort la plus glorieuse et une éternelle félicité.

Les ablutions et les lustrations forment une partie essentielle du culte brahmanique; les images des divinités sont lavées solennellement dans les fleuves et dans les étangs sacrés.

Le feu joue aussi un grand rôle dans les sacrifices des Hindous; on le purifie en y jetant ensuite du beurre comme offrande. Chaque brahmane entretient un foyer sacré.

Quoique les offrandes consistent principalement en végétaux, le règne animal n'en est pas exclu, et quelques brahmanes ignorants ont encore, dans le dernier siècle, toléré l'ancienne superstition populaire qui autorise, dans un cas extrême, des sacrifices humains.

L'usage qui consentait à immoler les femmes des deux premières castes, sur le tombeau de leurs époux, était un reste de ces affreux sacrifices.

Dans les épidémies, dans les calamités publiques,

les brahmanes se précipitaient eux-mêmes, du haut d'une tour, comme offrande expiatoire.

La religion reçoit l'homme au berceau : les brahmanes imposent un nom au nouveau-né, et cherchent à lire dans les astres la destinée de sa vie. Les mariages sont célébrés par un brahmane avec beaucoup de cérémonies. On tient un morceau d'étoffe étendu sur les deux époux, pendant que le prêtre implore, sur leur union, les bénédictions du ciel. La promesse d'une foi inaltérable s'écrit sur des feuilles de palmier qui s'échangent entre les époux.

Les funérailles présentent aussi des coutumes remarquables. Le brahmane moribond est couché, en plein air, sur un lit formé d'une graminée, nommée *cusa;* on l'arrose de l'eau sainte du Gange et on chante sur lui des strophes des *Védas* (livres sacrés). S'il expire, le corps est lavé, parfumé, couronné de fleurs; un tison du feu sacré sert à allumer le bûcher : on supplie le feu de purifier le corps du défunt, afin qu'il puisse s'élever aux célestes demeures. Les assistants jettent de l'eau sacrée sur les cendres et on chante des hymnes funéraires.

Les parents recueillent les cendres qui, enveloppées de feuilles, sont confiées à la terre d'où on les retire, au bout de quelque temps, pour les jeter dans le Gange, au milieu de nouvelles cérémonies.

On vénère les mânes des trois plus proches ancêtres paternels et maternels, et on leur offre des gâteaux en sacrifice.

Le brahmanisme a éprouvé très anciennement une

grande révolution par les efforts du réformateur *Boudha* : il renversa la théocratie des brahmanes, abolit la distinction des castes et, rejeta toute l'idolâtrie. Mais, après de cruelles persécutions, le boudhisme fut, dans le premier siècle de notre ère, obligé de fuir les contrées de l'Inde. Cependant, il est encore très répandu dans le nord de l'Hindoustan et dans l'île de Ceylan. Les *jaïnas*, qui suivent les dogmes de Boudha, admettent la division des castes. Ils adorent une statue colossale, placée à Baligala, près Seringapatan.

Le peuple hindou a été anciennement très civilisé, ainsi que le prouvent ses monuments et ses livres. On trouve dans l'Hindoustan et dans le Dekhan des temples, des palais et des pyramides qui sont des chefs-d'œuvre, sinon de goût, du moins de patience et de magnificence. La littérature est riche en beaux ouvrages de morale et de poésie. Les fables de Pilpaï sont extrêmement remarquables; elles paraissent être l'original de celles d'Europe, et, ce genre de poésie ne convient nulle part mieux que dans un pays où les âmes humaines sont censées passer dans le corps des brutes.

Aujourd'hui, les Hindous n'excellent plus que dans quelques arts mécaniques. Livrés a leur indolence naturelle, ils n'éprouvent presque d'autre besoin que celui du repos. Sobres et modérés, leur vêtement est une simple étoffe de toile ou de coton; leur habitation une cabane de bambous, recouverte de feuilles de palmier; leur principale nourriture, du riz et de l'eau. Tous peuvent donc, sans beaucoup de peine, satisfaire ces premiers besoins. Mais les plus riches, familiarisés avec les aisances de la vie, déploient dans leurs maisons le luxe des peuples orientaux. De nombreux esclaves, des vêtements brillant d'or, d'argent et de broderies; des appartements peints et dorés, des parfums et des essences précieuses : voilà ce que l'on rencontre chez les rajahs et les nababs. Les femmes de la classe riche partagent le goût de leurs maris et vivent plongées dans une inactivité absolue. Leurs appartements sont d'un luxe inouïs : l'eau fraîche y murmure en cascade ou s'épanche dans des bassins; les plus riches tapisseries couvrent le parvis, ornent les murs et doublent les portes. Une profusion de perles, de diamants, de saphirs, de rubis, plaisait déjà aux Indiennes du temps d'Alexandre; elles chargeaient même leur nez et leurs pieds d'anneaux précieux, mobiles et retentissants. A toutes ces richesses, elles joignaient le charme de mille fleurs naturelles et de plantes odoriférantes répandues partout à profusion. Elles ont, de toute antiquité, employé des fards de différentes sortes.

Chez les Hindous, toutes les classes de la société ont l'usage de fumer le tabac et de mâcher le bétel : c'est pour eux une fonction aussi importante que de manger et de boire. Dans toutes les maisons des personnes aisées, on trouve des terrasses ou toits plats où elles passent une partie du jour à fumer.

Autrefois, pour voyager, les Hindous faisaient

usage de palanquins, dont il y avait plusieurs espèces et qui souvent étaient ornés avec le plus grand luxe. Cette manière de voyager était plus commode dans un pays où les routes étaient souvent impraticables pour les voitures.

Nous avons vu, dans le cours de cet ouvrage, que le pays est aujourd'hui sillonné de routes bien entretenues et de chemins de fer soigneusement aménagés.

L'hospitalité est élevée, par les brahmanes, à la hauteur d'un dogme religieux ; ils pensent qu'il n'y a point d'action plus agréable aux dieux de l'Hindoustan que celle de consacrer à la commodité des voyageurs des hôtelleries publiques.

Mélange étonnant de force et de faiblesse, de douceur et de férocité, l'Indien nous présente le tableau d'une race humaine qui, sans passer par les divers degrés d'une civilisation libre, a été enchaînée, polie et dégradée par un système à la fois théocratique et despotique. L'homme qui sacrifie sa vie pour ne pas blesser quelques lois bizarres de sa caste, n'ose lever un bras vigoureux contre les oppresseurs de sa patrie. Il défend une vache sacrée et voit tranquillement massacrer sa nation entière. Les Hindous sont servilement attachés à leurs superstitions ; ils pratiquent avec un zèle extraordinaire les rites les plus absurdes.

C'est ainsi que dans leurs fêtes religieuses, des hommes qui veulent passer pour très pieux se meurtrissent le corps et s'imposent toutes sortes de supplices dans l'espérance d'être agréables à leurs divinités.

Les fakirs font de leur vie un tourment perpétuel en se soumettant aux habitudes les plus insupportables. Les femmes mêmes montrent beaucoup de courage et d'intrépidité pour se conformer aux coutumes. Il y a cinquante ans à peine, on voyait encore les veuves indiennes, parées de leurs plus beaux habits, se précipiter dans les flammes du bûcher, au son d'une musique bruyante.

Les Hindous sont restés fidèles aux lois de leur code qui leur défend de quitter la patrie. Il a donc fallu que les nations étrangères vinssent prendre elles-mêmes les richesses dont le pays abonde. Ils connaissent depuis très longtemps l'usage des lettres de change et des monnaies. Dans tous les Etats de l'Inde, les princes font frapper des pièces d'argent, appelées *roupies* et qui servent de type aux autres monnaies. La roupie de Madras, vaut 2 fr. 25, celle du Bengale, nommée *sina-roupie*, vaut 2 fr. 50. Il y a aussi des roupies d'or et des *pagodes* d'or qui valent 10 francs. La monnaie courante des Indiens consiste en *cauris*, petits coquillages dont 50 font un *poni;* il faut 10 ponis pour un *fanon*, et 13 fanons pour une pagode. Les grosses sommes se comptent par *lak*, mesure idéale de 100,000 roupies ou de 100,000 pagodes. Depuis que les nations européennes font presque exclusivement le commerce de l'Inde, les monnaies d'Europe, et particulièrement la piastre, le louis et la couronne, y ont aussi cours.

Les produits de l'industrie indienne faisaient autrefois le principal objet de commerce de l'Europe avec l'Inde. C'étaient surtout les toiles indiennes que les Européens recherchaient à cause de leur solidité et de leur beauté. Dans le langage du commerce, les pièces de toile indienne s'appellent des *guinées;* les plus grandes manufactures de guinées sont au nord de la côte de Cromandel. Les *percales*, toiles très fines, se fabriquent dans le *Karnatik.* Le canton de Condavir fournit les beaux mouchoirs de Mazulipatam, dont les teintes éclatantes sont dues en partie à la racine d'une plante, appelée *chaye.* Les mouchoirs de Palicate, plus variés dans leurs teintes, s'exportent en grande quantité pour l'Amérique et l'Afrique. C'est à Mazulipatam, Madras et Saint-Thomé que se fabriquent les toiles peintes appelées improprement *toiles perses;* la qualité des eaux paraît être la principale cause de la supériorité de ces étoffes dont l'exportation a considérablement diminué depuis que les Européens imitent avec succès les procédés des Indiens. On exporte pour le Levant et les colonies beaucoup de ces toiles chargées de dessins bizarres.

C'est par la combinaison et les heureux mélanges de différentes espèces de coton, et à force de recherches et d'observations faites par les ancêtres et transmises de génération en génération, que les Hindous sont parvenus à perfectionner les arts de la main, et à les porter tous à un degré extraordinaire d'élégance et de beauté.

FIN.

TABLE

FIN DE LA TABLE.

Limoges. — Imp. E. Ardant et Cie

www.ingramcontent.com/pod-product-compliance
Ingram Content Group UK Ltd.
Pitfield, Milton Keynes, MK11 3LW, UK
UKHW031901260826
14628UKWH00002B/919

9 782011 343802